LOCUS

LOCUS

日常也可以是一段片刻的旅行，
記錄到的生活畫面，
不那麼完美，也沒關係。

下課後的 catrain

貓。果然如是｜著

台灣小旅行。

目次

我在書店旅行

味蕾的旅行

和台灣一起牽手散步

手的時光

我在書店旅行

那些迷你的，

也許一起說好都點上黃色燈光的獨立書店們，

正在對我微笑。

下次，和我一起用獨立書店來旅行台灣吧！

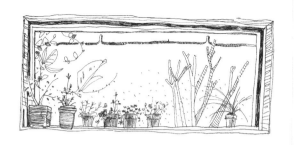

開始我那場
不能停止的書店旅行。

　　大學畢業後，循著師範生的身分開始的教育實習、準備教甄考試，生活從學習轉換成工作，這一路上的推進都是因為在大學選擇了這樣性質的學校與科系。但直到真正工作了，才開始察覺，真正想做和能做之間的落差所帶來的衝擊。

　　如同許多人一樣，我也總在此時此刻想望著他方的生活，另一種生命的可能性。

　　工作一年後，申請到為期半年的進修課，每週六、日一早，不論天氣晴雨，搭上捷運一路搖晃到關渡上音樂課與表演課。

　　我喜歡那段不用穿制服卻可以重回學生身分的日子，同樣身為教室裡的客體，我不用絞盡腦汁思考該準備什麼樣的教材、不需要面對情緒驟變的孩子，我只需要靜靜的沉澱、吸收，感知一切。

　　有一回表演課，帶領的老師在一上課就提出一個問題。

　　「如果各位不當老師，會想從事怎樣的行業？」現場有許多還在準備教甄考試的老師。

　　有的人回答要去做小生意，例如賣珍珠奶茶這類的小吃，好過現在只是個代理教師踏實。依舊堅定教職志向的同學，也還是有的。

　　我想了很久，想起很久以前的一個志向，圖書館館員。就類似村上春樹寫的《海邊的卡夫卡》裡的小圖書館那樣，應該是挺不錯的。

　　老師笑著回應我，有很多曾經改變世界歷史的人物在年輕時也是圖書館員，譬如，毛澤東。

改變歷史。我沒有任何想法，但我想記錄自己的歷史。

工作兩年後，和朋友去日本旅行，一週間的行旅焦點放在日本獨立書店及兒童書店上。在京都、東京城市間穿梭，我們好像化身為薄紙鉛字上的兩隻小螞蟻，每一日從不同的書店扛著一本又一本的繪本或圖畫書。擔任幼稚園老師的她，有一個開兒童書店的夢想，所以這是她的創業考察之旅，而我則是為那些圖書裡的美麗圖畫所吸引，希望能夠找到自己創作的風格。

書本既佔空間又佔重量，一趟日本旅行到了最後兩天的移動幾乎變成了重量訓練，花上這麼大的心力揹回台灣，是煩惱錯過了當下的決定，也許就是一輩子的錯失。回台前的每個晚上，我們不斷演練如何分裝行李避免因超重被罰款。最後我們還是把十多本圖書另外裝袋，背著上飛機。

現在的我，做著那時候在關渡上課時努力要變成的職業身分，最終沒有成為一個圖書館員。

但在台灣，我也找到了自己喜歡的書店，去日本旅行回來後，剛好遇上台北地區兩家獨立書店的開張，接著中台灣、東台灣、南台灣陸續發現一些可愛的書店，我的書店之旅也就從日本延續，追著書店旅行台灣。

我的台灣獨立書店小旅行，就在那一個又一個溫馨的空間裡持續進行著。

有河book　逛書店是一種向上運動。

　　2006年夏天和喜歡繪本的朋友去了日本一趟，那次旅行主要行程在東京和京都兩個城市，我們走的是日本獨立書店的路線，也拜訪神保町的舊書街。那一路走的每家書店，都有不同的經營風貌和故事。

　　回來後，朋友柯本在msn上問我，知道淡水捷運站附近有一家新的書店要開嗎？隨即丟給我一個blog網址，要我自己去了解。一個外地人告訴我，即將發生在淡水的事情，感覺很妙。

　　但是心中存了一個疑問：淡水捷運站對面已經有連鎖書店，學校附近也有其他兼賣文具的小書局。有人想在這裡開書店，真的有辦法維持下去嗎？

　　接下來幾天，一有時間我就上網追著這家書店的發展。拜部落格之賜，在我根本還不知道這家書店要開在哪裡，卻經由每隔幾日便更新的部落格了解這家書店的準備情形。

　　「那是一間四十年的老房子，雖然牆上有一點壁癌，油漆當然也剝落，但是，狹長形的老房子敦厚實在，小時候常見的鵝黃色木框窗戶也很有味道，更好的是外面有一個大露台，正對著露台的樓下長著一棵台灣海邊常見的黃槿，此時正當花期，大瓣的鐘型黃花開得正盛……」這是店員二號在2006年10月某日發佈的書店記事片段。

　　當我從這些文字開始進入想像的同時，也在記憶中來回搜尋，淡水

有河book 02-26252459
台北縣淡水鎮中正路5巷26號2樓
（沿著河岸走3分鐘就到了）
book686@gmail.com
http://blog.roodo.com/book686/
2006年11月25日開幕
營業時間：12:00-22:00，週一公休

走出淡水捷運停車場、無法預期將在哪

一處街角、兩涌的那排樓房中、遇見有河。

該要如何丈量它在我
心中的方位。
清楚的只是那片藍色
的招會指引我。

河沿岸是否有符合文字中的場景。但，在淡水工作並沒有更新我的淡
水記憶，這份記憶先來自我在舊時相片中看到一個跑跳不大穩的小小
孩，然後，猛然地跳接現在的工作時空……

　　對淡水，其陌生程度讓我無法按文索驥。

　　即使如此，我還是想要儘早發現這家書店的所在。心裡升起了這樣
的渴望。

　　隔了幾日，帶著一種書迷的心情出發去尋找書店。好像一場另類的
小旅行，我撕下一張紙抄寫幾個關鍵場景的文字，嘗試建構一張地圖
指引。紙片上的文字每一字都是清晰而肯定，但我草擬出的方位路線
卻帶了太多的模糊感。那個下午，雖然已經秋日，天氣卻是悶熱，天
色大白，看不到藍天或白雲，我站在觀音山的對岸，邊走邊咒罵，是

誰在岸邊種了這麼多的黃槿樹？我怎麼知道店員二號文字裡的到底指得是哪一株？這一排每一間都是老房子，露台？到底哪一間有露台？邊走邊擦汗，還要快步閃避站在路中央拉客的海鮮快炒店員。實在難以想像這五味雜陳的河岸邊，將誕生一家書店。

但人生是這樣，有些事情只能夠靜靜地等。等到了一家心儀的書店落腳在自己生活的城市，等待時間把這些人、這些事情，帶進我的生命。現在回想，那個夏天在日本的書店散步旅行，也許就是在這片河面上，引起一圈又一圈漣漪的那滴水。

2006年11月將結束之際，有河book的招牌掛在這河岸邊，誰能料想到有人會在人來人往，假日觀光客密集的淡水老街樓上開了這麼一家書店。從登上階梯起，就逐漸揮別老街的人潮，由店員二號，同時是位女詩人——隱匿繪製的牆面，提醒著來客，「逛書店是一種向上運動」。看著店員一號、二號寫在部落格上向眾人揭示著開店的歷程，作為一個每年花在買書比買衣服還要多預算的人，也希望能及時趕上這樣的「向上運動」。

眼看台灣這幾年的出版與經銷，大半精力都轉向投注網路銷售系統，實體書店的生存變成一種和出版商與讀者間的長期拉鋸戰，到日本旅行時拜訪的那些獨立經營的書店者，每家店都在找尋、建立自己的風格與自己的讀友。

有河book也是，藍色的牆壁，白色的書架，以及一面可以看到黃槿和淡水河的落地窗，一個露台可以聽到海水的聲音。書架上的選書來自於兩位店員，文學類書是這裡的主力，因為靠著淡水河，所以與

這個小鎮相關的書籍也有一些，兩位店員在開書店前，一位是詩人，也接過設計案子，另一位寫影評，年輕時還跟過楊德昌導演工作一陣子，做過廣告企畫，因此最靠近櫃台的幾個書架分別是一大落的詩集、設計、攝影、電影等，專題書、中國出版的簡體書、香港澳門地區的相關書籍也穿插在其中。

　　書店裡還有一群來去自如，各據一方的貓咪。牠們從露台跑進來店裡，或坐、或躺靠著書櫃腳下許久，有時候終於起身，打了個懶腰後轉身又夢周公去。偶爾出現幾隻比較撒嬌親人的貓咪還會跳上桌子或是客人的大腿上，自在的打起盹來，彷彿牠們才是這家店的主體。

　　這些貓都是由隱匿所豢養的河貓，原本都是在外各自有地盤的流浪貓，有河開店後，隱匿和另一位店員686會放些貓飼料在露台上隨機餵養，久而久之這裡就聚集了為數不少的「食客」，逐漸和牠們親近起來的隱匿於是開始為牠們編號取名，正式納入河貓名冊。

　　有時候到店裡，會剛好遇上隱匿，她站在通往露台前的玻璃門，看著外頭那些翻滾的大小貓咪，每一隻河貓都像是她的子民一樣，也因

此幾個河友（有河book的會員）給隱匿「貓皇后」的封號。有時候隱匿也會向河友叨絮數落哪隻貓愛玩會欺負小貓，新的小母貓出現引起所有公貓們的注意甚至爭風吃醋打起架來，這些點點滴滴由貓皇后來說更是精彩，至少你會聽見許多有趣的貓名字，可惜不管隱匿再這麼努力的描述，對這群河貓，我依舊是名字和樣子兜不起來。

店裡目前大部分時間是686在看顧，身形頗為壯碩的他總是隱身在櫃台裡頭，見有客人開門進來抬起頭來打聲招呼，就把整家店的空間都交給客人自個兒瀏覽。但686算是有個怪癖，去有河幾次後觀察到，三不五十他會起身將書櫃上的書重新打理，務必讓所有的書背貼齊每一塊層板邊緣。而我每次來這裡，也總會透過落地窗凝視著淡水河，看到的不再只是風景，還有許多詩人朋友為有河譜寫的玻璃詩。

來有河book好幾次都遇到朋友，或是朋友的朋友，即便大家大部分時間都在網路上交談，但是這種在實際情境裡相遇的時候，仍感新鮮。我還曾經在有河book領取朋友寄放要轉交給我的書和影碟。這種情境是在城市生活裡少有的，也會是我們珍惜的。

當我開始累積自己在一座城市的生活步調，走進一間像是自己朋友經營的書店，或是能夠承受這城市的各種氣息，我就不再只是扮演一個客居的角色，我也會是這城市的一份子。

簡單的 white 書架，頑皮的 blue 牆面，
背後是可以看見海洋的小露天陽台。
聞得到潺潺的味道吧!!

2007
0205 終於在上課前一刻刻好

一顆 TEA 的印章，然後，坐在窗的對面，

畫下小小的風景。

在夜裡靜巷留一盞燈給讀者。
小小書房

工作的第二年，我就患了倦怠。工作很有挑戰，也非常忙碌，但工作以外的生活在不知不覺中被掏空了。現在回頭看那時候的我，面對生活的無力，就像是現實生活中，初搬到淡水開始一個人在終日下雨溼冷的城市展開生活，就算再怎麼討厭，對於眼前的一切，我無計可施。

一個下雨天的午後，我在這裡。依著朋友給我的超詳細口述地圖，我從頂溪站沿著有韓國街之稱的中興街騎樓走來，路過兩家連鎖書店，然後彎進竹林路一條巷子，抬頭看見巷子裡那個白色方塊招牌的燈，我想我找到了。這段步行不用十分鐘的路程，好似帶我進入一種屬於我的課後學習。走進書店，長形的空間上方好幾盞垂掛的黃色吊燈，我來不及閱覽書店的陳設，先急忙推開後方咖啡區的門，我進入

小小書房的第一堂「找阿寶」課程已經遲到了。

現在，要前往小小書房，不需再走那段的路程，只稍從頂溪捷運站一號出口右轉拐入一個貌似防空洞的巷子，抬頭就可以看見從正方形變成長方形的書店白色招牌。而我在小小的日子也從那個下著雨的下午延續到現在，「找阿寶」課程也正名為「引導寫作班」，至今繼續進行著。

那天的那個被雨水稍微淋溼的身體，一下子被那個環境包容了。「引導寫作班」雖然是寫作課，卻是以各種外在的手法去包圍與探觸個人的內心世界，寫作之前需透過觀察、記錄、繪畫、探尋自然等各種方式進入「書寫」，也透過和他人分享，能更敏銳感受到自己和生活、他人的關聯性。

原本連自己也不明瞭的性格與情緒在每回課程開頭的「生活書寫練習」，試著回頭整理過去一週的日子，經由他人唸出自己的文字後，被詢問、關心而得以發聲，這種與同學共同進行的生活分享，居然逐漸改善我在工作生活中的焦慮與不安感。課程裡，每次由沙沙貓訂各種題目先做引導，進行感官練習、語詞練習、轉化練習等等，當然也啟發每個人的想像力。以往覺得詩的文字對我來說太過精練、神祕，在玩了「剪貼詩」課程後，才開始覺得寫/讀詩，並不是太困難的事情。

事隔兩年多，翻著這些練習作業，印象最深的是「夢想中的家」這個練習，從電腦裡找出當時邊畫邊寫下的作業掃描檔。那時候的我在沒畫圖的地方寫了一些文字：

我選擇畫出一個有搖椅面對窗台的休憩空間，牆上掛著MUJI深澤直人設計的壁掛式CD PLAYER。大工作桌上擺放不需要收起來的裁縫工具，隨時都可以咖拉咖拉的車布。

每天進出會經過的玄關，要有一個可以坐下來換穿拖鞋的地方，或是回到家時，先在這裡坐一會兒，背靠著一個舒服如同復興號火車椅背一樣的背墊，整理一整天的心情，回頭看看椅背上方的窗

子，輕聲說「我回來了」。

摸了摸口袋，還有一點點早上出門時隨意摘取的門口桂花，香氣還在，輕聲的將木頭拉門拉上。

最大的空間裡有個開放式的廚房，我不是廚房的每日值日生。

冰箱上的白板有我出門前寫著今天想吃的菜餚，而香味也已經傳過來了。

我坐在大桌子前看著廚房，整理今天的工作，隨意的聊著天，是幸福的心情在這裡。

明天一早起來我會先燒開水，用橫把白瓷煮我的紅茶，然後靜靜的配著咖啡的香味。

另外落在上課筆記上的一段文字，是練習開始前，沙沙貓提供我們的引導說明。

「家」，是由什麼構成的？「家」和「住所」是有差別的。描繪理想中的家，裡頭應該要有什麼樣的空間陳設，什麼樣的氣氛、燈光？

每隔一段時間我會把這張圖翻出來再瀏覽一次。

把圖拿來對照現在在淡水暫租的「家」，小客廳有一張遷入時添購的工作桌，桌上有蘋果筆記型電腦，一台事務機代替掃描器，桌上的檯燈也擺上了；桌下有勝家裁縫車及裁縫用具、布料等；面向中庭的小陽台空間雖小，但還能讓我擺上兩盆桂花照顧；從日本帶回來的橫把瓷壺可惜在清洗時被打破了。至於畫面中對玄關的要求、廚房的陳設，礙於不是自己的房子先放棄妄想。拿「夢想中的家」這張練習對照現在的生活，真正實現的並不多。但想想人生旅途上本就蘊藏許多變動與可能性，這練習珍貴之處在讓我停下來想想自己要的是怎樣的生活，關於「家」以及「未來」的想像，畫在紙上的也許是「家」可被看見的層次，但在向人描述的時候卻會逐字逐句傾洩自己最在意也正在尋找的可能性。

從參加找阿寶課程開始，每週和小小書房的約會便幾乎沒有間斷。2007年暑假前，小小書房公佈了二週年慶活動的同時，身為找阿寶

課程的老師也是小小書房的店主宣告找阿寶課程將結束轉型為引導寫作班，並開設「寫作進階班」收納我們這批找阿寶舊生。作為一個老師，必然會有很多長遠但是學生並不一定能理解的願景，但是身為學生的我選擇信任小小書房，繼續跟隨著。

我猜想沙沙貓一定是發現我們有太多人把找阿寶課程當作一個生活的避風港，真正用文字認真出去闖蕩的實在太少。雖然大伙兒賴在小小看似漫無目的一週接著一週課程，但過程中我逐漸學會用寬容的心看待自己生活上的種種，允許自己過著比以往都還要任性的生活。

在小小書房的兩門寫作課程交接之際，我也準備實現五年前就預定出發的德國文件展旅行，可惜只能選擇錯過七月份小小書房一週年慶活動，但我交了一個版畫藏書章，在出國前送給小小書房當生日禮物，用我最常看見小小書房的樣子，透過咖啡區向書櫃的方向，有吊燈、兒童區書櫃、前方書櫃上頭擺著幾張文學家肖像海報板子。

又隔了一年，這次不等我貢獻，沙沙貓就先開口預約二週年的紀念章。我選用比較好著墨的印材，直徑3.5公分的橡皮擦刻了圓形藏書章，以2為主題，上下分列小小書房和SMALL IDEA，很高興它依舊在結帳櫃台旁的小桌子服務大家。

店裡其他的紀念印章，還有前店員換日線手刻開店章，就「小小書房」四個大字，這顆章也應用在小小書房自製手提紙袋外頭。

夢想中的家

小小書房 02-29231925
台北縣永和市復興街36號
（捷運頂溪站1號右轉，第一個洞右轉直走1分鐘）
smallidea2006@gmail.com
http://blog.roodo.com/smallidea/
2006年7月25日開幕
營業時間：12:00-23:00

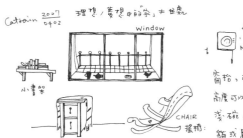

Cattain 2007 0402　理想／夢想中的「家」¥住處

Window

小書架

CHAIR 搖椅

♪ MUJI x 深澤直人

窗指，可以放置剛泡好的TEA，
高度可以看見半個天空，一只
淺碗，留給食物和路過的
貓或偶見其子。

WORK DESK 裁縫用。能動手作點東西，踩動機器踏板的味喳聲，
各種布，各種顏色：米玉色、牛仔、帆布的，條紋或格子花布，晾右架上，

WORK DESK CRAFIT

SOFT

掛花

玄關

SOFT 椅子，能坐下來換穿穿鞋子。
舒服的室內拖鞋。
木頭拉門刷開時，有掛花
香呀，生活裡的一泉清馨。

另一個特別的紀念章是詩人夏夏刻的「貓在書櫃上」的圖文章，也是一週年店慶時推出。

在兩週年紀念章之後，我還貢獻過兩個印章，其中「小小書房1.0 bye」在一店結束後就被沙貓貓收藏起來。當時，沙沙貓找我幫忙刻「小小書房1.0 bye」印章前，還先懸疑了我，說要跟我講一個祕密，要我千萬不能告訴別人。我聽了很緊張，馬上聯想到先前有河book在blog透露書店的確面臨經營上的現實……

這兩年來，到訪了台中東海書苑2、淡水有河BOOK、竹北草葉集2店和3店、嘉義洪雅書房……我像個鍾愛獨立書店的頭號粉絲，在這些各有風格的小書店裡留連，追逐每一位店主對書店的夢想衣角，常希望他們就把書店通通搬到我平日散步二十分鐘可以抵達的處所，但在對他們的認識越深入，越能夠了解經營的困頓，我不敢要他們堅持到最後，誰知道究竟怎麼樣才算渡過難關？每次聽到類似收店的風聲，總要先跟自己說上一百遍：「身為一個書店之友，不應該太過干涉店主的決定。」這些書店裡頭，我和小小書房接觸的機會最多，其實老早就練習著有朝一日要面對類似消息的準備。

才這樣起了念頭，沙沙貓就接著說「小小要收了」。我不知道該安慰還是該恭喜沙沙貓，再過20秒，沙沙貓接著說「但是我們要在頂溪捷運站附近重新開幕……」「……」雖然被騙很不甘願，但還好，小小還在，只是搬家了。小小書房一店時代兩年多的時間，在竹林路營業的兩週前我趕製出來，讓書店的朋友們回來店裡可以壓上一個印章作為標記。決定讓書店搬家後，沙沙貓好似賭上一口氣，決心要把台灣的獨立書店做成一個品牌，幾個朋友幫忙打包及運送一些輕便的傢具和一箱箱書店重要的資產。新的店開幕後，我第一次坐在新的小小

非常寬敞的咖啡區，看著結帳櫃台旁的那些已經紅通通的印章們，我隨即刻了一個2.0的印章，最好搭配的圖案首選就是書和貓，曾聽過沙沙貓説的一句話：「有書和貓，我的人生就很完美了。」眼尖的人也許還會發現，這棵象徵小小書房搬遷的印章，除了2.0外，還藏了「小小」兩字在書櫃上？

翻找以前為小小拍過的相片，找到一張一店時期的咖啡區吧台後方有地圖的塗鴉照片。這是當時在小小開兒童畫畫班的Calulu做「當貓在城市裡遇到車」畫展時期佈置的牆面，牆上是永和市的街道地圖，也是當時小小書房的室內平面圖，設計者是查小特，連著幾位有插畫背景的朋友佩蓁、淑芬一起完成的。我還真想不到連鎖書店或是咖啡館會如此心胸寬大把整個白淨牆面讓給大家塗鴉。而我也差不多在可以自由進出使用吧台區的工作空間，或是任性的對著店員點menu上沒有但是我想要的飲品時，會產生一種，想要守護書店的感受。

夜裡拜訪小小書房二店，繞過頂溪站一號出口的涵洞，先看見白亮的招牌燈，接近些越過了太上老君廟後會看見讓人喜歡的大片落地玻璃，以及一室溫暖。我在那個下著雨的下午踏進的不只是一家書店，而是一個愛書人一輩子的夢想。

東海書苑
以工人讀書會的精神繼續前進。

我認識東海書苑的時候，它已經不在東海大學附近，而是在燈紅酒綠交通繁忙的台中港路上，與中部地區名聲頗大的酒店相隔為鄰。想來這樣的空間關係也算是一種在城市生活的歧異美感。

新的東海書苑 04-23783613
台中市西區五權西二街104號
pleaseleft@gmail.com
http://www.thusbook.com.tw/
2009年7月18日重新開幕
營業時間：AM11:00-PM12:0031

2007
0630

東書
海苑

cotrain

去東海書苑，在它搬離東海美術街之後，

也許曾經從她身旁經過，但那個年紀的

我並還沒有對書店產生任何情愫，那是個

連鎖書店充斥的年代。而現在是獨立書店年!!

台中市中港路2段60-3號 04‧23134143　www．thusbook．com

大概也是個無雲之日，似乎我和每一家書店相遇時的天氣都還不錯。替自己安排了一趟週末的小旅行，選了台中東海書苑和竹北草葉集兩家書店為必訪定點後，分別連絡了兩地的朋友碰面一起前往。

和朋友在台中用過午餐後，太陽正大，轉入市區後，即使筆直的道路是多線道，依然覺得交通十分擁擠。進入中港路開始，我就死命的盯著路邊的門牌號碼看，卻看到像皇宮一樣的酒店，還是錯過了東海書苑，和送我一程的朋友道別後，往回頭經過了便利商店和一條小巷子，先注意到「默契咖啡」的黃橙色圓形招牌後，移回視平線才找到門牌號碼，「中港路二段60之3號」，以及嵌在牆壁的褐色鐵板上鏤空著「東海書苑②」。

數年前，大學同學小百合在東海大學進修研究所時，曾帶我遊走紅土及東海藝術街一帶，當時知道有個書店叫東海書苑，但可惜未能進去一探，自然我是沒有東海書苑在東海大學附近那時期的任何記憶。

第一次到東海書苑已經是我離開中部四年後。這次短暫旅行到台中卻特意安排一訪東海書苑②，也是因為想走訪台灣的獨立書店風景，而開啟的私人旅行。

我退到人行道上拍了幾張進入書苑前的照片，端視了整體外觀，又覺得只是照相不太過癮，即便是站著，我也還是打開隨身的水越筆記本，抽了支百樂牌0.4的黑筆把和書苑的第一次相遇記錄下來：在迎著中港路呼馳的囂張移動車輛的這一面，隔著玻璃透出室內落地書櫃和幾步木質階梯，沿著紅褐色堅硬的金屬板向左遊走與「②苑書海東」相遇，最靠轉角外側的是入口的落地窗及玻璃推門，門上貼著最新活動的消息。

起初，我用散步的姿態把書苑走了一回，登上三五階的樓梯後，有

充分利用直達天花板的書櫃依著整面牆，櫃上掛著木頭刻寫著的每一處的書籍分類，和面向中央的矮書櫃夾出的走道，也足夠讓我坐在小板凳躲著好好翻書，這高度很像小時候窩在漫畫出租店裡，碰巧可以隱身於書櫃間不被家人發現，後來又察覺到這熟悉也許來自於從前常去的台北市立美術館地下室的藝術書店格局類似。

我造訪的那日正值陳杏芬的植物筆記展，這些作品有的是原作直接用素描本吊掛展出，有的是複印本貼在書苑的各角落或牆上。我拿著一本書在樓梯走道上的矮櫃旁看了大半，抬起頭正可以看見默契咖啡的工作區，以及吧檯的位置，瞥見了延著柱子蔓延而上的CD櫃，書苑老闆剛動手煮了一壺咖啡，身旁是一大落還沒建檔的新到圖書，高腳椅上坐了綁著馬尾的書苑老闆廖英良，也有點神似我高中的老師。書苑櫃檯內側有傳真機、各種資料，收銀機；咖啡工作台上的機器，小玻璃上貼了許多張明信片，但閃目的其實是Mac電腦。

等我躲在小閣樓，把這些風景都收進水越筆記本裡，才走下樓梯找了靠窗的位置坐下（這裡每個位置都是靠窗的），點了無咖啡因的紅葉茶，沒想到紅葉茶這麼好喝，捧著書我又繼續埋進去書的世界裡。

之前跟喜歡閱讀和旅遊的朋友季子在聊「物慾」這件事情時，我喜歡他說的「花在脖子以上的是智慧，所以買書不算是物慾」這句話，一如在東海書苑拿取的書籤上寫著「所有的癮頭裡，嗜書成性是最高尚的一種。」

　　2009年6月，麥克傑克遜的去世震撼著大千世界，而令藝文界人士更傷悲的是聽聞德國女編舞家碧娜鮑許過世。朋友水瓶子在月初去了一趟台中回來後問我：「東海書苑是搬家了？還是收掉了？」我聽得沒頭沒腦的，他才說本想再去東海書苑，發現咖啡區還正常營運，但書店部分收掉，所以想問問我知不知道東海書苑的消息。我隨即上網查了集書人（獨立書店聯盟）網站，東海書苑還列在會員一列，翻看近幾期的獨立書店大小事電子報也沒有收列東海書苑異動的消息，雖然這樣講著，但也還是不放心，隔天找了聯盟的祕書阿毛問消息。

　　阿毛才說，東海書苑已在台中國美館附近找到新的地點，現在正忙著打包整理以及裝潢新店。新的地點是在住宅區，雖然平面空間較小但是有三層樓的空間可以利用，房租的負擔也比之前在中港路時輕一些。聽到這樣的說明，我才開懷些，也把消息轉達給朋友，我打聽了重新開幕的大概時間，計畫到時候要到台中去看看。

　　等到了久違的假期，安排了一個週末參加在台南舉辦的Punch Party 12，小羊先生提議前一晚開車先到台中去，隔日再往台南參加活動。提早出發，其實是為了能夠去看看搬家後的東海書苑。

　　週五的高速公路車潮依舊濃稠，深怕沒辦法在書店打烊前到達，出發前和書店的人連絡，確認營業到十二點，但擔心會因為晚上客人少提早休息。抵達時已經深夜十一點半，發現整條街就只剩書苑的燈還亮著，未進門前先掏出隨身相機想在黑夜裡留下對搬家後的書苑初見面的第一印象。

　　恰巧在門口遇到手上捏著菸要出門透氣的老闆，他見我一進門又拍了幾張店內的相片，便關心我們怎麼會這麼晚還到書苑，我們才一開

口，老闆菸也不抽了問我們要不要上樓去看看其他的空間，於是書苑的燈一盞一盞的開啟，以為已經是一樓盡頭的地方，才推開白色的木門就遇見一盞立燈照著靠角落的書櫃以及我們，再往後走還有一個廚房的空間，老闆說這裡預備作為實驗廚房，可以提供會員們使用。

　　繼續往上，這棟三層樓的建築有自己的內部樓梯，我走來特別親切，好像回到大學時代同學租賃的老公寓，那道樓梯也是狹窄安分的一階一階往上，串起各樓層的空間。上了二樓，書架數量較少，但是表情多了許多，層疊的架上最上頭，在成人目光所及的高度有開展的板子充作展示架，我們跟著老闆後頭，對這樣的空間有各自的想像利用，偌大的空間只有一張稍高但夠大的斑駁桌子，想是方便三五朋友聚集討論哲學思想辯論的聖地，還不及開口確認，我目光就被斜對角成排的CD收納架吸引，有趣的是這時候CD全部面向牆壁，不太方便拿取，但固定在架子前的是放大兩倍左右的小學生木頭椅子，還沒上漆保留著木頭的原色，但能見到手工打磨邊角的痕跡，老闆笑著說，這是和木工師傅合作設計的實驗品，不過因為空間需求和重量的緣故，還要再修改重新製作。

　　那個晚上我們從書店的二樓、三樓聊著每一吋的空間，聽著老闆的想法，偶而插嘴提供不專業的意見或是表示贊同的點著頭，然後又回到一樓目前的營業主力空間。雖然早就已經是打烊時間，店裡頭除了另一個書店工作人員外，坐在窗邊剛吃完泡麵的是木工師傅，還有一

位年輕人貌似書苑的常客，和店員聊著什麼音樂適合在店裡播放。

我不能算是書苑的常客，即便是過去兩年只要有到台中，便盡量空出一兩個小時進書苑看看，甚至在中港路時期的東海書苑我也不曾跟老闆說上一句話，但那一夜讓老闆工作超時兩小時，還抽時間跟木工師傅商量店裡木作設計的事情，或是回過頭來和我們聊著關於書店經營的種種困頓或是幸福，我都是感動的不知道該如何描述。

我曾經為中港路時期的書苑畫過兩張圖，一個是從書櫃區看到老闆的工作檯以及滿柱子的CD收藏的角度，另一張是從角落的座位畫到默契咖啡的工作檯。我曾經也以為東海書苑是一家有賣咖啡的複合式書店經營，但事實上書店是書店，咖啡店是咖啡店，只是空間共享，也希望共擁榮景，但現實是，大家走進來覺得咖啡很香，還有書可以看（而不是可以買），真是個好地方。而搬到中港路以後推行的「讀書人工會」除了例行的性別議題討論或是文史哲學的讀書會、藝術電影進行外，逐漸感覺有些難伸其志。

這兩年也從熟識書店的朋友那得知，一次颱風襲擊中部，書店遇上中港路未曾有的大淹水而損失慘重，而後是店內一次盤點卻發現架上書籍已遭竊無數。天災淹水還有個颱風可咒怨，下回囤了沙包擋雨防淹，但書店來了偷書賊，總不好限制客人將書帶到座位去閱讀或是雙眼緊盯每一個動作。

我特意向老闆說起朋友六月初到中港路訪書苑撲空的事情，老闆說那之前因為經濟因素，考慮將書店收起來，後來身邊幾個信任他的朋友對他說找地方繼續東海書苑才是正確的，要他別擔心資金，盡量去做。他才趕緊到台中市各區去看房子，現在落腳處是當時看完後隔天就決定要搬，接著就開始退書或整理書籍，整理書架帶到新的店，還要處裡這老房子的防蛀、水電工程，根本來不及也實在不願意在這麼倉促的時間對外公告搬家的事情。

我很好奇，讓關心書苑的朋友來幫忙甚至進一步記錄書苑異地而起的過程不是很好嗎？老闆直說，他不願意不認識書苑的朋友聽到清倉

拍賣就以為書苑要倒了，或是在老屋子還沒辦法招待客人，一箱又一箱的書還散落未上架時，讓不熟悉的新朋友看對書苑產生先入為主的偏見。這也是為什麼七月聽到住台中的wenli上網說經過住家附近的東海書苑開門營業，想拍些照片給大家分享，卻聽見老闆有些羞赧的請他晚幾日再過來拍照，「等我們整理的完善一點……」

聽了這樣的心情後，那一夜我的相機沒再按下過，我拿出隨身的筆記本快速描繪眼前將嶄新出發的東海書苑，外頭掛著從中港路拆過來的赤鐵招牌裝上了燈，上頭數字 ② 還沒處理更換，但那一夜和老闆的談話，我才覺得我遇上了真正的東海書苑，也彌補了我未能趕上書苑在東海大學附近的那個時代……

2008
0405 @train 濁水溪以南最活躍個性書店

嘉義市長榮街.

從高雄再回頭往嘉義，只為了不想錯過濁水溪以南最活躍個性書店。
可是老板在門上留了紙條：下田去、三點回來。有事請來電。
呼～這老板也太可愛了。我們其實也沒什麼要緊事，只是「路過」
嘉義、順便來一探洪雅書房的面貌。

濁水溪以南最活躍的獨立書店。
洪雅書房

　　去嘉義兩次，總算拜訪到洪雅書房。雖然洪雅書房部落格上寫營業
時間是下午兩點到晚上九點半，但我其實很想註明一件事情，老闆余
國信有著會把店放著，想到就跑去巡田的草根性格，所以第一次造訪
的朋友一定要先打電話確認老闆是否有開店。

洪雅書房 05-2776540 0929-536133
嘉義市長榮街116號
（中山路市府後方第二條即為長榮街，
近忠孝路、嘉基護理之家後方第二間）
hoanya@ms41.hinet.net
http://blog.yam.com/hungya
1999年12月25日開幕
營業時間：14:00-21:30

玉山旅社
嘉義市共和路410號 北門驛前
http://www.wretch.cc/blog/yushaninn
2009年8月22日 重新開幕

嘉義冷凍芋
地址：嘉義市民族路434號
電話：05-2233247

　　梅雨季來臨前的一個週末，和小羊先生開車往中南部走，臨時決定要進入嘉義地區拜訪洪雅書房。週日下午，抵達巷子裡的書店，只見門口貼了老闆手寫的字條：「老闆下田去，三點回，有事請call 0929-536133。」我們看著紙條面面相覷，沒想到特來拜訪卻遇上田裡農忙。想說不要錯過進入書店的機會，等老闆一下，我也畫下書店的外觀，等我畫完圖，照著牆面上的字寫上「濁水溪以南最活躍個性的書店」後，時間已經過了下午三點，小羊先生撥電話給老闆，「老闆，書店哪時候要開門？我們在門口……」只聽他不慌忙操著他獨特的口音，「我還在忙說，會很急嗎？」我向小羊先生使了個眼神，「啊……沒什麼事情啦！老闆您忙。」

　　雖然沒踏進濁水溪以南最活躍個性的書店，倒是可以嚐嚐嘉義小吃彌補一下。如果到嘉義只挑一樣小吃，我一定會毫不猶豫的推薦「嘉義冷凍芋」，它有老店頭的味道，台灣懷舊甜品的滋味，地點就在民族路和文化路交叉口附近，知名的阿岸米糕旁。店面不大，前頭擺個冷凍攤車，店招牌也只有寫上「嘉義冷凍芋」四個字，冰箱則是擺滿已經盛裝好的芋頭湯、綠豆湯、薏仁湯和綠豆薏仁，都是小吃小賣的親人價格。蜜芋頭是綿密

不鬆散的口感，有一種Q度但不會卡在牙齒上，綠豆保留外殼，綠豆仁顆粒完整不拖沙，薏仁也沒有澀味還相當順口。店裡頭有兩三張折疊桌挨著牆面擺，有時候老闆會在冰箱後頭盯著電視看，也許他沒有招呼客人的好眼色，但真材實料是不用老闆推銷吹擂，有機會上門來就老老實實品嚐甜點吧！

$\dfrac{2008}{0405}$ Catrain

發現超好吃的嘉義味甜食！！

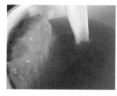  

2冷凍芋 vs 綠豆湯 vs 薏仁湯

　　　30　　　20　　　20

・芋頭超棉密、超Q又濃郁。

・綠豆湯保留外殼，裡頭的綠豆鬆軟不拖沙

・薏仁十分香濃，初嚐味道，感到十分不可思議，

　似以精會的白色未來。再嚐，類似鹹粽的

　口感。

其實我們是想吃朋友推薦的米糕，可是阿岸米糕下午5:00才開，

往回走改吃芋頭湯，沒想到居然 誤打誤撞吃到

這家有老店品質的甜湯。真是意外收穫

隔了一個月，南下前我們先打電話確定老闆有開店。炎熱的午後，抵達門口時，只看見書房裡頭有個瘦黑的男子正躺臥在長椅上打盹，我們推開門輕手輕腳地走入。瀏覽書房內書架多是生態、自然、鐵道、農事、原住民等出版品，嘉義地區文學誌的收藏也十分豐富落了一櫃，三分之一的書房空間鋪了淺地板，可赤腳進入隨意放肆入座，幾塊藤編棉布方椅墊散發淡淡的硬質植物纖維特有的味道。

　　老闆起身看是甦醒了，知道我們是從遠方而來，亢奮地指著地板中央那數疊書籍說著，「晚上這裡有免費講座，是劉克襄老師要來讀詩，你們遠道而來如果想買劉老師的書，可以先給你們折扣價格！」我們點點頭隨意逛著，在長椅後方有一大區都是獨立音樂及影碟，其中不乏有關工運、社運類的資料，考秋勤的音樂在店裡放送著，午後陽光灑入書房，傳來了蟬叫聲，現在才五月，嘉義的夏天，好像提早到了。

　　想點杯飲料，看到吧台上放著生態綠的咖啡豆，還有一台看來很專業的咖啡機。「老闆，有其他冷飲嗎？」我實在不太能喝咖啡，老闆歉歉笑著「我們只有賣咖啡，不然，有特別的東西，等我一下。」老闆跑到樓上去，一會兒端著馬克杯出來，「來！這是桃園大溪產的觀音紅茶，原本是準備晚上要給劉老師喝的，這杯請你們！」

　　真是幸運，能夠喝到跟講師同等級的紅茶招待。

　　我對老闆在推廣的「秀明自然農法」的「自然米」（註）很感興趣，可惜這屬於會員制度，每一期的稻作優先配會員，有餘米才會對外出售，而這一期稻作已經認購完畢。在網路上看許多人談自然米，讚譽有加，因為不以施肥縮短稻米成長的時間，插秧時也採低密度的方式，看起來好像是很耗成本的做法，但是讓穀物依照原有的生長方式才能夠擁有較完整的營養，為了尋求養分，水稻根變得非常發達會牢牢抓住土壤，颱風來時也不再東倒西歪，而低密度的插秧也減少了稻熱病。

　　那個下午，我把書房走了好多圈，尋找到一個適切的角落，才翻開筆記本「記錄書店」。

　　走過台灣幾家各有特色的書店，洪雅書房不是我第一個台灣書店小旅行的據點，也未必會在我心裡佔據最大的位置，但是洪雅書房一訪，卻也打翻了我對獨立書店的基本印象。

　　洪雅書房的確有很不一樣的味道。老闆余國信在與客人談話時總是特別用心傾聽，有一種父執輩時代才有的純樸直心，消弭了原以為會存在的陌生與疏離。老闆自己在部落格這樣寫著「以洪雅為例，進書是認同，認同出版、認同作者，幾乎沒有退貨，售書是推廣，推廣理念，也是情感的互動開始！……」

　　余國信也不是只有書店經營者或是有機稻米耕者這兩個身分，拜訪期間，剛好適逢嘉義地方正在推動「搶救保存嘉義郡役所」的連署活動，他也是其中熱烈奔走的份子之一，若要問起他為什麼要投入這麼多，大概就是始於對土地的那份認同與他過去求學時接觸到生態自然的背景有關，雖然看起來書店、稻田和古蹟不能算同領域，但仔細探究「洪雅書房」的命名，是來自於平埔族中洪雅族名，源自於嘉義地區過去主要屬於洪雅族的活動場域。

　　2009年初，洪雅書房還進一步認養嘉義的玉山旅社，籌措修繕經費招募志工投入，務期能夠讓這個歷史建築重新在世人面前敞開大門，最後也如願在八月底開幕，讓更多人可以看見舊時的木造建築的工法，而且是個真正可以入住的旅社。

　　從洪雅書房回來的那個晚上，在網路上和幾個關心書店的朋友們聊幾家我們都熟識的書店目前營運狀況，結論還是回到純粹以書友的角度，希望這些美好的地方能夠永久存在。我們都在用自己的方式記住、記錄一家書店的歷史，也希望參與他們的未來，走進書店，從陌生到熟悉需要很多機緣。我總是默默造訪我喜歡的書店，有機會，也許會被店主叫住相認，但大多時候我只是在那裡待上一壺茶的時間，找到一個對的角度去畫下這家書店的樣貌，用一種蝸牛般緩慢的速度

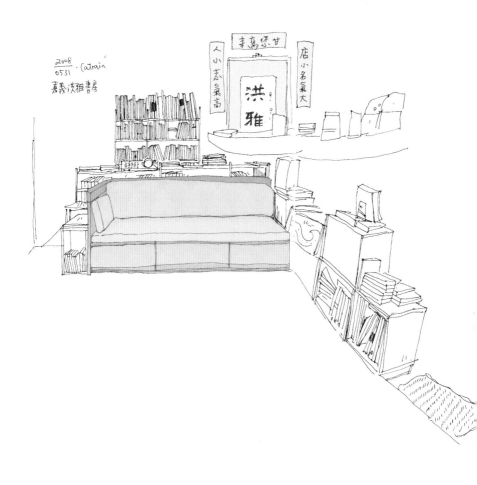

爬行整個書店的邊緣線，並沒有花去我很多的生命，但我總算是完成
了一家又一家有夢想的書店觀察筆記。

（註）秀明自然農法：引自日本，以尊重土地大自然法則耕種，自家採
種、育苗，控制間距與株數，低密度、不追求產量，相信種子與土地的力
量，靠自然地力成長。僅以乾淨的水與歡喜愛自然的心念灌溉，田間不帶進
非自然物質，尋求永續發展的生態健康農耕。與一般有機農業不同的是，秀
明自然農法不施任何有機肥，不栽種綠肥，不追求產量，不以藥物或苦茶粕
殺福壽螺，祈求的只是一條符合環境生態的可持續性發展的農業。

草葉集概念書店

為了實踐對家園的美好想像。

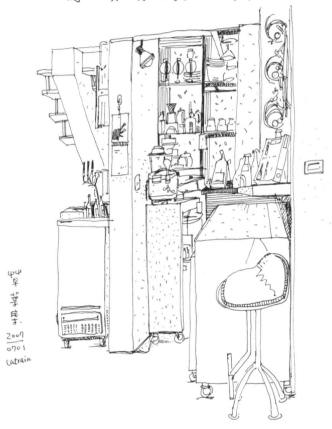

獨立書店的迷人之處首要在經營者的方向，雖不全歸於個人魅力使然，但經營者對書的知識必定在專業上有其本事。選書不是參考網路書店的銷售排行，而是以類別挑選，也許是詩、電影、文史哲學……許多在連鎖書店下架的冷門書，也許會在小坪數的獨立書店裡發現被擺在顯眼位置。書在他們的手上不僅是將知識印成薄頁裝訂而成的書冊，而是一種「時代」；不只是排行榜或是銷售量，而是關於這個世代的選擇。

對草葉集概念書店的認識，一開始是從別人的部落格上看到介紹的。雖然是書店，但客人們卻充分介紹店裡沒有菜單的餐點。後來遇到熟識草葉集概念書店的學長，慷慨允諾要帶路，也促成了我和草葉集朋友認識的緣份。

第一次去草葉集是在週六午後，我們用過餐後抵達草葉集二店，在精工裡社區警衛室按門鈴通報後，推開玻璃門後可以感覺到整個空間的活絡，門外的寧靜和門內的情緒溫度是不同的，窗外的陽光也適時的進入整個空間，Peggy站在門口迎接我們，裡頭有客人尚在用餐，許多是一家大小或是三五好友，感覺像是跟著朋友到另一個朋友家玩的場景和心情。往廚房方向走去，還有一個方桌在中間，大約因為週末，屋內只剩下陽台前的小空間，「這邊比較熱一點……」Peggy滿

懷歉意的說，「沒關係，我們可以四處看看。」每到一個新的環境，我喜歡用自己的步調去一處一處感覺，建立對空間的印象，走回小空間，有一整面的CD牆，有的是書店的朋友送的，有些是員工自己的收集，「這張我在巴西的唱片行看過。」同行的朋友順手指著其中一張CD，其實我目光並未跟上，只覺得現在耳中聽得的音樂正合適。

我把東西放下，逕自拿著相機到處拍，換了拖鞋走上木板樓梯，轉角處地上擺了小盆栽。一樓的挑空讓閣樓可以適時的呈現矮書櫃，擺上兩張沙發避開喧囂很適合待上一整天。上樓時還需稍低頭避開橫樑，矮櫃書架大概把閣樓分成二至三個休憩空間，書架是以主題閱讀來區分，在草葉集的書堆裡，特別經營了有機農業、半農半○這類的主題，大概是因為草葉集的核心概念就是要呈現「概念書店+實驗廚房+空間設計＝對家園與美好生活的想像與實踐」，將書店放入生活中並肩走在一起，的確讓人很快感受到。

　而草葉集二店使用的本來就是一個完整的住家空間，用餐區和書區是鑲嵌一起的，座位旁的矮架或牆壁上掛書架的高度是便於坐下時拿取的角度，但對其他客人想前去探取書本就感覺對正在用餐的客人有些失禮。架上除了陳列書籍外，也有寄賣的商品，想是獨立書店對於自營品牌的歡迎，一如對生活的探取經營。

　那次的見面讓我對草葉集的第一印象定位在「朋友家的書房」，進入草葉集二店，眼前所見的是工作中的廚房、可以坐下來聊天的小餐桌、隱身在側邊緊挨著CD牆面的單人座位區、像自家客廳的大沙發區，或踏上閣樓祕密空間等這些尋常的家庭生活空間。

　回看草葉集的經營歷史，在精工禪社區設點之前，2003年時草葉集一店就在竹北文化中心附近開啟，因為經營者Peggy和Only本身所學，草葉集一開始就不是以書店作為單一的經營方向，其中也接受室內設計的委託案件，因此草葉集不同時期的三家店內部陳設皆能考量工作需求而設計。光就廚房，二店時期為了留給用餐和書籍視聽各半的空間，廚房工作區退到靠邊三分之一的位置，以一飲料準備吧台隔開，如一般餐廳常見；而曾位在甫力瀚親子館的三店廚房工作區則呈現一種現代化設計的概念，身兼料理工作區、飲料吧台、櫃台的功能，因為處在主空間中央的位置，可綜覽全室，而工作進行時所有

的器具與動作皆在三步內可以觸及。記得第一次到草葉集三店，我和小羊就一個勁兒的研究由挑高的天花板打鋼架下來，掛上各式工具的區域，也許是我們倆從前家裡都是從事餐飲相關的工作，因此對於工作區域的設計配置特別有研究的興趣。

我也曾在草葉集二店裡用過餐，那是早上從台北出發前先打了電話預約用餐。因為所有的食材都是主廚阿帥一早到市場裡挑選新鮮食材來決定菜色，事先預約可以讓廚房準備好足夠的數量。順便可以滿足一下自己有個御用廚師的想像，在書牆環繞的空間裡享用一頓美味。

第二次去店裡和Peggy聊著才知道，草葉集在靠近高鐵新竹站附近找到新的空間，書店要搬了。知道自己近期內沒時間再往新竹跑，只能在離開前再次環視二店：中間的小桌子、後邊整面CD牆、上閣樓轉角處的蘭花葉。直到現在，那個午後的草葉集二店影像還時常出現在我的腦海，那一日和同行的朋友、草葉集的 Peggy、Only聊得愉快，看著主廚阿帥忙碌的身影，這些都讓人感覺和一家書店如此貼近。

那年夏天去德國看文件大展回來，也還惦記著草葉集喬遷之事。進入秋日時節，約了小羊一起去拜訪搬了新家的草葉集三店。那日我們扮演一對尋常的客人坐在廚房後方的座位區，還約了在國慶生日的珊珊一起來，聽她說起近日來煩心之事。當時我是怎麼也沒想到那日之後，包括我在內幾個好友間的生活與心情會有巨大的變動。那日回程，我和小羊自然的牽手了，珊和另一位朋友交往，而另一好友的感情也急速轉向他方。

再去草葉集，已經是今年農曆年後。小羊將草葉集剛貼上網的歇業公告文章傳給我。那段文字這樣寫著：

這段時間，最值得非議的就是我們這些身處草葉集的工作者之生活態度。我們似乎營造了這個舒服的空間，但卻無法為自己創造美好的生活；這種矛盾的氛圍以不同的影響比重發生在每位工作人員身上；也許正是這般的矛盾情形才讓人必須反省究竟這個事業是否還值得繼續投入？

如果你的心與行為都和你所要創造的價值有所疏離，那人們怎會受你的影響呢？

隔了幾日，我們坐在草葉集三店還能聽得旁邊國小的午後鐘聲，陽光也賞臉出現溫暖小木屋裡的我們，四個大人與一個小孩。我借了小羊的相機趕著拍下每一處我來不及感染的生活氛圍。在我心底，草葉集概念書店到底也建立了一種非遙不可及的生活模式，提供給許多人在尋找美好時代的一種進入途徑，種種眼睛所及之處，有形無形皆是一種生活態度的滋養。

過去我曾對朋友戲稱說，草葉集堪稱為最愛搬家的書店，搬來搬去，總是希望越搬越好，越來越多人喜歡她。但迫於現實，經濟的轉變影響竹科人，也影響書店的實際營運，不管是經由什麼方式得知竹北草葉集要收店消息的朋友，總是覺得可惜，反倒是Peggy在網站上細數草葉集的過往和現在，還能有條理的將一筆一筆過去會員儲值的金額通知退還，沉穩的性格一如我第一次見到草葉集所給我的感覺，那是一種雖然現實如此，但我們不會就這樣被困住的表情。那日離開草葉集三店時，問了Peggy將來打算，Peggy告訴我，要先回台北內湖的工作室，繼續ECM台灣總代理——紅色音樂的業務，Only負責小草空間設計公司，希望有一天草葉集概念書店還可以再出發。

隔了幾個月，因為整理草葉集相關的文字和Peggy聯絡上，得知草葉集4.0要在內湖工作室展開了。

我想，有夢想的人，總是會在家園盡力去實踐對生活的美好想像。

草葉集4.0 台北工作室 02-8797-6923
（欲拜訪請先電話確認）
傳真:(03)8797-6465
地址:台北市內湖路一段47巷6弄12號
email: peggy0906@gmail.com

2003年1月1日，
草葉集（庭昀文化事業股份有限公司）設立登記
2003年8月29日，
草葉集概念書店一店（文化中心）誕生
2004年9月28日，
草葉集重新開幕
2006年8月20日，
草葉集一店（文化中心）最後營業日
2006年10月，
草葉集二店（精工禪社區）開始營業
2007年3月31日
草葉集在新竹高中的校園書店結束營業（二年）
2007年7月30日，
草葉集二店（精工禪社區）結束營業
2007年9月11日，
草葉集三店（甫力瀚親子館）開幕
2009年2月28日，
草葉集三店（甫力瀚親子館）結束營業
2009年9月1日，草葉集4.0（內湖），
以工作室/展示店形式進行

我在書店旅行

查普特 攝

公園生活果菱派客來

來書店聽獨立樂團養Live耳朵。

大概是三月份，在獨立書店聯盟的電子報上看見有新的獨立書店加入，就在中和和永和交界的永貞路上。直到了五月份一個週三，剛好外出工作到中和附近，結束工作用過午餐後邀了同事一起到果菱派客來坐坐。

午後一兩點，在四號公園附近的巷口看見一個用鼓面改成招牌燈作為指引，巷口有另一間咖啡館，附近有央圖的台灣分館。我以為一家書店，或說一家複合式經營，涵蓋餐飲、空間、閱讀、音樂、藝文等等空間，要在這裡立足的客觀條件，真的是一個大挑戰。

走進巷子，推開公園生活果菱派客來的玻璃門前，先注意到在玻璃門上貼了「獨立書店」的字樣，心裡頭覺得很高興，原本是小眾聲音的「獨立書店」變成新的主流意識的這一天應該不會太遠了。

書店內部，咖啡區大約佔四分之一到三分之一左右，一進門就能看見。櫃台兼吧台設在最裡邊，咖啡區相對應的位置是書區，一整排的書櫃以及一個大的陳列平台，包含影音區；吧台旁的牆面可以讓客

人帶上自己的杯子擺在店裡；店裡的另一個角落擺放了掃描器和印表機，是店家貼心提供給行動辦公的人免費使用。

　　店內有一個醒目的黃色鐵製階梯可以上到頭頂那個半開放的小閣樓，上頭有一些頗專業的音響設備，是準備給在這裡定期舉辦Live音樂活動使用，閣樓的書櫃區分類稍雜，看起來像店主小肆的收藏書籍，我在上頭有看到一兩本書籍很想入手，但怕是私人收藏就作罷。

　　拜訪時，剛好遇上林融蒂的展覽「生機19」，一些大型輸出的圖像就掛在書店的上半部空間，一旁也有創作者平日的素描稿件作品集，整體展覽和書店的空間融合的相當好。店主小肆本身學設計，利用一樓挑高的空間，營造出就咖啡館或書店功能上來說，算相當不錯的展覽場地。

那個下午我們在書區自由的遊走，書籍的數量雖然還不多，但選書的類別果然很具「獨立書店流」的風格，電影、文學、設計類等新書陸續進駐。初登大門，一個悠閒的下午，這樣的空間很是舒服。期待這間獨立書店聯盟裡最年輕的獨立書店咖啡館繼續深耕在中和甚至大台北地區，帶進更多的文化活動。

　　下次再選個週三來拜訪，試試店裡頗具人氣的來福浩司‧私房菜。

公園生活果菱派客來 上游有限公司 02-29292863
台北縣中和市永貞路282巷2號
bassfen@gmail.com
http://greenparklife.blogspot.com/
2009年3月開幕
來福浩司‧私房菜：每週三晚上七點到九點，
每個人低消200元（須事先電話預約）
營業時間：AM11:00-AM02:00

時光二手書

在老屋裡留住時光中關於閱讀的美好。

有時候會突然想要遠離工作和人群，到一個不熟悉又不需要太麻煩朋友的城市。

到花蓮，大部分的交通工具是火車，有時候會跟上老爸回花蓮的車子。午後小睡一會兒，決定上街走走，把記憶中想去的地點和這個城市接上線。有個特別的地方浮上心頭，過往記憶指向市區建國路，眼前短暫難得的假期也催促我上路去看看從未謀面的時光二手書店。

舊時日式老屋，是店主和朋友在2003年決定要在花蓮創業時候承租，老屋搖身一變成了二手書店，每日吸引愛書人進出，活絡老房子的新生。站在對街看著這外觀漆成酪黃色的木質平房，不知怎麼地，我想起在上次旅行經過台東時，我和那間日式老房子改建成咖啡酒館的相遇，我想這地方一定也有很多的故事。

老屋有很美的窗子，外面是木條橫直交錯釘成的格子狀，裡邊是只有在老教室才會遇到的木頭格子和毛玻璃。各式各樣的樸拙窗子和電線桿相連的黑色線條一直都是令我著迷的風景，那是一種生活不必在

他方的想像。拉開木頭拉門是溫暖的黃色燈光迎面，空間中央有一個墨綠色木頭工作檯，店主在裡邊做飲料或結帳。前頭的大桌子擺的是二手雜誌，及二手CD。靠著牆面的除了窗邊桌椅外，餘光所及的都是一座座書牆，架上分類整齊也標示收藏主題，彷彿立身一個社區小圖書館，隨手從書架取下感興趣的書籍也是品相良好，而且意外發現許

多兒童叢書，好幾本都是小時候在鄰居家翻閱過的兒童套書散本。

　　當然一家二手書店的故事，不必全關注在這架上從四方流浪至此的各種書籍，或這老屋的過往歷史。

　　拜訪時，店裡有兩隻狗進出遊走，其中一隻特別活潑的黑狗引我注目，但並非黑色的狗只能叫「小黑」，牠親人不怕生，也不亂吠，是隻適合當店狗的「歡喜」，其對人猛搖尾巴的確恰如其名。店主喜歡狗兒，而歡喜早先曾是流浪犬，後來幸運成為時光二手書的店狗，為店內增添幾許活潑氣氛，拿起相機在店裡拍照，歡喜也大方主動入鏡，拍了幾張書店特寫和全景，但我最喜歡這張，鏡頭中歡喜坐在書櫃前側著頭若有所思的模樣。

　　六月那個逃離台北城市的下午，我一個人靜靜坐在老屋裡，翻找也許我童年時來不及翻開的童書，抬頭望著嵌上毛玻璃的木窗框、吊在天花板逕自旋轉的長葉片風扇發著呆，「時光」兩字吸引著我，即便現不能常居東部，但也想多攢點時間留在「時光」中，我對時光的想像已經超越時間，還蘊含空間，及在這之中來去發生的人事物流轉。

時光二手書 03-8358312
花蓮市建國路8號
(花蓮市公所旁7-11對面巷子即可瞧見)
bookslight@yahoo.com.tw
http://tw.myblog.yahoo.com/readingtime-hualien/
2004年1月3日開幕
營業時間：AM11:00-PM9:00 (週一公休)

在時光裡自在的行走，有音樂、有書、有陽光、有狗兒。

一圈繞去，我喜離開台北城的喧鬧，坐著自己的事，往東部去，沒有目的地去，只想，只想享有自己的時光。

花人問了時光二手書屋的地址，在舊書中找到了。寄藏中，專輛離離同行，掛在橋上色日式老屋自見時光二手書店的木頭招牌，推開木頭柱門，碰1滿屋的書，還有二隻狗兒趴在地上的網線，(逃離喧囂的城鎮，這時候，終於覓得，許久的擁慰，擁有一片喘息的空間。

書、音樂、時光，加總起來，能帶給我最美好的時光哦!!

* 時光二手書店 03-8358312
* 在蓮市建國路8号 (花蓮市文所對面)

2007
06=3
catrain
圖花蓮

我在書店旅行

忠僕號
踏上航行世界的移動書船。

海上書船忠僕號，

2007年及2009年曾停靠台灣的高雄、花蓮和基隆港。

abbay攝

在台灣，如果跟別人說逛書店是興趣的話，別人會以為你是有氣質、有生活品味的人。但我其實沒有準備要用時尚或氣質來檢驗書店，那句寫在有河BOOK樓梯入口處左邊牆上的「逛書店是一種向上運動」，其實是最能引起愛書人共鳴的。不論是在我自己生活的區域生活著或是到其他城市旅行時，總想看看不同特色類型的書店，也在書店經營者或透過書店認識更多在這塊土地上認真生活的朋友，心裡的滿足總是超越了身體的越區奔波。開書店，畢竟是一門關乎文化的生意，在與這些書店相遇的經驗裡，「忠僕號」是我覺得十分特別的，也許要稱他為「移動書店」或「書船」比較恰當。2007年及2009年曾停靠台灣的高雄、花蓮和基隆港，我在2007年的時候和幾個朋友到基隆港登船，迎接這艘老船。

基隆港也自我記憶中改變很多，搭客運下車後就能看見港口，河港的整治起了很大的效果，原以為會有的氣味減少許多。出了客運站往東2、3、4號碼頭走去，岸邊停靠的第三艘白色船身的就是它了。

出門那日下著雨，十分符合基隆「雨都」的形象，我居住的淡水，也是個愛下雨的城市，已經習慣在雨中行走生活的我一點也不以為意，倒是已經離開生長的基隆到台北工作的的Donald學長還是不喜歡這樣的天氣。天氣是一個很適合任何人加入討論的話題。

　　邊散步邊聊天靠進忠僕號停靠的碼頭，廣場上有幾個遮雨的棚子攤位在進行活動。我們等候幾位從桃園上來一起參觀的朋友，學長慫恿我畫艘船。所以，我畫了。只是不小心畫得太大，我的moleskine好像裝不太下頭尾，拿著本子站著，朋友在一旁為我打傘，雨天的視線讓線條無法明快，畫完秀給朋友看，Donald學長問：「妳都不怕畫錯嗎？」我一貫輕鬆的回答：「我畫錯，你也不會知道。」說完後發現還沒簽日期，才押上日期馬上被發現寫錯時間，被大家取笑。

我們依序排隊買門票登船，售票亭像一個小小的貨櫃屋，這門票是船票、也是清潔費，只要一個銅板10元，12歲以下或是65歲以上免費，我想忠僕號也是唯一要買門票的書店。登上船艙，到處都是人。船上販售的書籍或是商品，使用的幣值單位是UNITS，乘上0.8即是台幣的價錢。船上載著100噸的文學作品，相當於50萬本書，船隻停泊在港口，書籍依照分類擺放，使人不覺搖晃，誤以為身在一家超大型的書店逛著，但拜訪之際已接近忠僕號結束基隆港停靠的時間，大概整個城市的愛書人都湧進來了。第一次在書店感受「水洩不通」的情況，如果這盛景出現在每一家獨立書店裡頭，應該是件了不起的事情，不然鼓勵書店也來設個售票亭好了（苦笑）。

登船除了逛書外，還可以嚐嚐船上販售的冰淇淋，或是和在船上服務的工作人員聊聊天，登記參觀船艙各部份都會是新鮮的經驗。書店除了用房子來盛裝外，用船作為空間是個很有趣的想法。在日本，有松浦彌太郎的移動書車「m&co.traveling booksellers」，他用卡車載著一車自己選的書籍，到各鄉鎮擺攤尋找「讀者」，松浦彌太郎後來和朋友小林節在東京的中目黑開了COW BOOKS，定位為社區型書店。

忠僕號現為國際性差會「世界福音動員會」（Operation Mobilisation International）的事工之一，船員是來自超過50個不同的國家共320名的義工。

這艘船原先肩負載客與運輸的郵輪功能，在1914年8月下水，歷經了兩次改造與更名，最後這艘郵輪在1977年退役後送去廢鐵場的半途，被德國非營利慈善機構「好書共享」（Gute Bücher für Alle 也就是 Good Books for All）慈善事業購買，船身上的GBA三個英文字母就其簡稱。忠僕號的名字MV Doulos中，Doulos就是希臘文「僕人」的意思，這也呼應了他的三大使命：為民眾傳送知識（Knowledge）、提供援助（Help）及帶來希望（Hope）。

書店不管是移動書車、書船、路邊攤或是固定的空間，只有當我們和它接近的時候才能夠真正感受到書的魅力以及知識對我們的影響。

味蕾的旅行

　　店員確認我是「無肉則歡」型的鍋邊素後，直說沒問題，我也很放心的說，「麻煩你了。」

　　　　每次加點帳面上沒有的料理，

　　都好像是一場歡樂大摸彩，

不知道廚房會端出怎麼樣的菜色取悅我的胃收服我的心。

我想念我的早點。

　　金曲獎最佳新人和最佳作曲得主盧廣仲以「晨之美」大力推廣吃早餐，讓大家覺得吃早餐是一件很酷的事情。我也有一段二十多年的早餐經驗，每日每日的早點從蛋餅、飯糰、燒餅油條、饅頭菜包、甜餅、豆漿米漿傳統早餐裡選擇，那是我家以前的早餐店，也是我吃過最好吃的早餐。從淡水搬到新莊後，媽為了照顧小孩，又得想辦法拓展生計，只好籌點資金做小生意，如果他們當時選擇的不是賣早點而是快炒或是五金雜貨店，也許沒辦法長成現在的我，各方面的。

　　剛創業那時期，每天早上在我們都還熟睡的時候，爸先幫著媽把出攤做生意的桌椅擺好，攤車推到定位，親切招呼每個客人直到不得不騎著摩托車趕去公司上班，才把攤子交給媽一個人去負責。等到我們小孩一個一個醒來後，大姊自己穿上圍兜兜，拿著梳子和髮帶讓媽幫忙綁頭髮，吃個荷包蛋配米漿，大姊就一個人提著書包自己走路去上幼稚園，接著媽再安頓好才剛起床的二姊和我。

　　這些畫面都是在我剛學會走路之前發生的，這些記憶的輪廓都摸不著，但每次聽到他們提起這段日子，都會提到媽一邊做生意還要一邊注意我是不是又跌進哪個水溝裡。以前住家前的亭仔腳和馬路間有一個小水溝，以前的水溝其實非常乾淨，我們還在裡頭撈過蝌蚪和小魚，但那小水溝對走路不太穩當的我來說卻是個大鴻溝，三不五時就會從裡頭傳出嚎啕大哭的聲音，直到附近好心的鄰居發現了把我撿起來交給媽清洗。想來我從小也是個冒險犯難的小鬼。

　　真正對家裡的早餐店生意有印象，應該是讀幼稚園以後，爸把紡織廠的工作辭掉和媽兩個人扛起早餐店的生意和我們家三個小孩的成長。店面是跟鄰居借了門前的地方擺攤車和桌椅，剛好是個轉角處，

日子久了便做起固定客人的生意。

　　一早五六點來買的多半是鄰居媽媽們，手上夾著當天的早報，一手拎鋁製茶壺裝剛燒好的熱豆漿，當然這時間也只有熱豆漿、熱米漿和清豆漿可以供應，大煎鍋、蒸籠、飯桶要等六點以後才開伙。六點半以後來的客人就能點蛋餅、飯團這些主食，這時裡邊廚房燒煮豆漿米漿的工作早已結束，媽也把兩三百張的蛋餅皮煎好端出來，沒時間喘息片刻馬上要應付大批上門的客人了。那段時間也賣一些抹了巧克力醬、橘子醬、草莓醬的三明治，土司都是前一天晚上到附近幾條街距離的金龍麵包店預定拿貨，攤前還有跟大盤切貨的玻璃瓶裝的羊奶、鐵罐裝的調味乳，豆標餅或是雙胞胎，印象中最初為了省成本連小籠包都自己擀麵皮包餡，還有每天限量供應熬到入口極化的花生湯，也是慢來就買不到的。

　　我們家早餐店的招牌餐點是蛋餅。蔥花是墜著水珠，抓一把加入碗裡和雞蛋一起打散倒入已經熱夠的平底煎鍋用打蛋器展開，蛋餅皮和蔥蛋的大小形狀都差不多，客人咬下的每一口蛋餅都能吃到蛋和餅皮，也不會有兩顆蛋煎做三個蛋餅，或是在蛋汁裡添油加水的矇混狀況。將煎好的蛋餅翻面，我們接受各種客製：蛋半熟、蛋餅皮恰一點（焦或是老的意思）、辣椒醬在裡面、兩顆蛋（蛋餅皮的兩面都有蛋）。蛋餅完成後送上桌前，用夾子折三折後擺到砧板上切蛋餅，四刀完成後順勢擺到盤子上，淋上爸獨門研發的蛋餅醬，許多客人還特別說醬油要多一點。

　　我從小在媽負責的鍋子前面實習，負責把右手邊那箱雞蛋補滿。直到國小三年級，才被准許在客人比較少的時段站在煎鍋前做蛋餅。爸則是負責包飯團和熱豆漿米漿以及鹹豆漿，冰豆漿米漿還有收盤子、

清洗盤子就是我們三個孩子的工作了。記得從前貓大姊二姊要上學前，是要幫忙把冰豆漿冰米漿用塑膠袋和繩子綁成一份一份，裝滿一個紙箱子才能出門，後來這也變成我的工作之一。

　　早餐店雖然只開店工作半天，但中午收攤後還要依照剩餘的數量估算隔日的營業所需：蛋餅皮要量多少斤的麵粉、饅頭包子要叫多少、黃豆和米都先秤好，接著就要揉麵團準備發麵醒麵，如果豆子、米、糖、麵粉、鹽、醬油、沙拉油、醋、沙茶這些存量不夠還得要趕緊打電話叫貨。

　　一早，開磨豆機先磨了浸泡一夜的黃豆，用細網將豆渣濾掉後開始熬煮黃豆汁，還要隨時注意將漂浮在上頭的濾泡撈掉，避免破壞口感。浸泡過的白米和一定比例的炒花生一起碾碎後，再倒入大鍋細火熬煮。這些工作進行時的溫度和聲音其實還烙印在我的記憶中，我們小孩子睡覺的地方就在廚房的隔壁，常常是聞著豆漿米漿的香氣醒過來的。

　　夏天的豆漿米漿，冷、溫、熱都要準備，留一小桶繼續加溫，總有些年紀大的客人喜歡喝熱的，也有人會點豆漿加蛋，得要是滾燙的才行。冰的是前一天儲存放涼後擺進大冰箱，裡頭的剉冰，是貨真價實的豆漿，溫的總是準備大桶的量，是早上剛在爐上煮滾後抬出，絕對不能將冰的和熱的加在一起，一旦放到中午沒喝完就會餿掉了，這些都是要把自己作的餐點賣出去前要幫客人考量的動作。豆漿和米漿的甜度都是在燒煮的時候添加二砂，雖然清豆漿可以放比較多天，但是店裡絕對不會在客人面前拿杯子加兩匙白糖再沖豆漿攪拌，一旦溫度不夠糖融化，客人喝到底只會記得甜死人的味道，怎會記得豆漿的好滋味。

　　爸和媽持續著清晨天未亮就起床開店，料理一切，和客人們保存一種奇妙的依存關係，連過年難得休息都一定趕在公司行號開工前一天就回來開店，遇上颱風或停電，只要能開

瓦斯煮豆漿煎蛋餅，店還是會營業。

過了幾年的光景，外頭的市場道路要挪作他用，整個市場往內部遷移一條街，許多的菜攤、肉攤、五金雜貨攤也跟著進來。大姊上國中了，靠著豆漿店的生意、媽標會爸存錢，我們家搬遷到市場另一頭的公寓一樓，豆漿店也從外頭搬回原先的住家，繼續營業。

想想，我們家的豆漿從三十年前的一杯五元一路賣到九年前的一杯十二元就沒再漲過價了。

在我大二那年，媽發生一場意外車禍，人雖無大恙但小腿因開刀需要長時間修養，無法繼續站著工作。爸衡量家裡的三個孩子都已經成年了，早餐店的生意也因為附近連鎖速食業一家一家開店而受影響，爸和家人商量後決定把店面和生財工具都讓租，兩個人提早退休去專心做全職志工。

一開始我們小孩因為假日不用再早起到店裡幫忙而開心，但日子一天一天的過去了，卻始終找不到能夠讓我吃了不挑嘴的早餐，我開始覺得可惜，沒能把爸媽一身做素食早點的絕活學透。爸和媽經營的早餐店將近二十年，後面的十年店裡只供應素食早餐，連蛋餅的醬油膏配料比例都重新調整，還要設法讓吃慣葷食的老顧客沒得挑剔。店裡也的確遇過老客人買不到肉包或是包肉鬆的飯糰當場轉頭離開的窘況，但還好大部分的客人都能夠接受老闆的決定。

家裡開店這種事情會帶來一些方便與不便，很多國中或國小的同學曾經相約來我家吃早點，有時上學也要幫忙外帶早餐去給同學，多年以後再碰面的同學也還會問起早餐店的事情，覺得懷念。

但家裡開店也遇過讓我不太愉快的事情，總有一個外省老爺爺會來喝熱豆漿配油條，每每看到我就要摸我的頭，或是把他的臉頰湊過來說「小妹妹親一下……」，我真的很排斥這樣的客人，每次遠遠看到他要走進店裡，我就會急忙用尿遁的方式跑去躲在廁所裡等個半小時才出來，幾次以後，二姊會跑來敲廁所要我不要偷懶打混，趕快出來洗盤子，但多半時刻那怪爺爺還在店裡。也不知道她是故意的還是無

心的，當然這事情多年後我向她提起過，她倒是沒什麼印象，果然不愉快的事情只有當事人會死命地刻在腦海裡久久無法抹去。

　　這些事情都過去了，不管是老同學的懷念，或是店裡奇怪的客人，對我和家人而言，豆漿店，以及爸媽付出的青春歲月，才是最珍貴的回憶，尤其是市場街上的叔伯姨母們總是喚我們作「賣豆漿他女兒」，我們也會這樣稱呼：「檳榔阿姨」、「肉羹麵黃太太」……，這些片段伴隨著我日後再也找不到像樣的早點而逐漸放棄回憶。難怪曾有人說作什麼工作的就會批評什麼，也因為吃過最好吃的早點，現在也只能把早上吃的東西當成是填飽肚子，而不會有睜開眼睛就想著今天可以吃到什麼早點的喜悅了。

※重要!! 蛋餅的切法 ✱

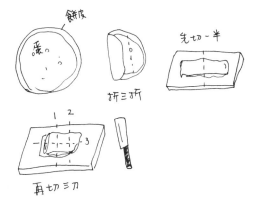

餅皮

蛋。

折三折

先切一半

1 2
3

再切三刀

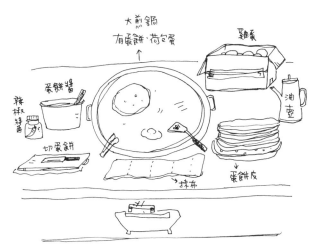

大煎鍋
有蛋餅·荷包蛋↑

雞蛋

蛋餅醬

辣椒醬

油壺

切蛋餅

蛋餅皮

抹布

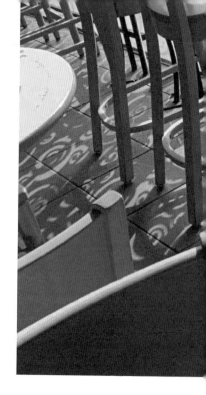

小旅行
從星期六的早餐開始出發。

　　有時候很享受一個人的小旅行，雖然也會有很多不方便，但是可以伴隨著很多個人的任性，時時改變旅程。

　　去德國旅行前，挑了個週末空檔，決定要練習一個人出發的旅行，想去的地方好多，但假期太少，只能把台灣的小旅行切割成好多塊來進行。在我的MOLESKINE裡畫到台中的高鐵車票一張，寫了想去的地方，但我還沒決定好要從板橋還是台北上車。

　　在站牌下想如果99號公車先到就搭去板橋上高鐵，如果來了235公車就到輔仁大學站換299公車到台北上車。心裡雖這麼盤算，卻突然想召喚在高速移動的車廂內打開早餐那瞬間的驚喜，像之前在日本搭新幹線，上車前和朋友也

買了三明治、蛋糕和綠茶，有一種小時候要出發去遠足的愉快感受。

這時間沒有太多人潮，找一個座位坐下來，想起某個作家說過用公車的高度在城市間旅行的事，現在少有機會搭公車通勤的我，有時也會為車窗外的景致變化而感到驚奇。

到台北車站下公車，走進咖啡館。沒想到週六早晨的陽光是這麼純粹沒有紛雜的人影交疊，印在咖啡館地磚上的影子就像剛刻上的刺青圖案，活潑躍動的跳著舞。

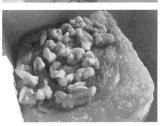

從咖啡館出來，捧著大杯的焦糖瑪奇朵，我生平第一杯早餐咖啡 Caramel Macchiato，拿著肉桂捲麵包的紙盒，好像走在紐約上班時刻的街頭。

在車上，拉開前座椅背的小桌子，開始我的旅行早餐，肉桂捲加熱後上面的白糖整片融化狀，撒在上頭的核桃香氣也出來了。天氣雖然轉熱，但為了要喝到有奶泡的咖啡我還是點了熱的Caramel Macchiato，香氣更勝冰咖啡，點了早餐優惠，咖啡被免費升級，真幸運。

　動筆畫了我的旅行早餐，抬頭看著車窗外的藍天，真好，天氣真好，我的散步旅行又可以愉快的展開了。

2007
0630 catrain　¼ 台灣小旅行 part 2

十分喜欢用某個不那麼日常的
星期天早上開始，坐在公車上瞥
見玻璃上貼了「本列車經大學
指定考場一中山國中考場。」

肉桂焦糖卷。
一早就吃核桃，補腦喔！

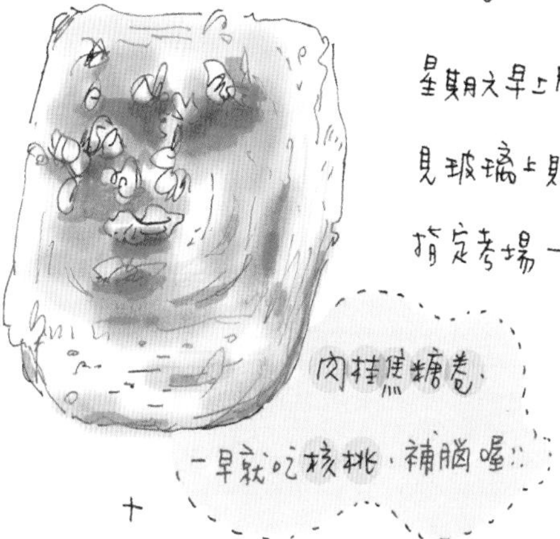

臨上車，依然無法決定要在板橋上車
還是去台北車站，但一轉眼，
我已經下車跳上被我趕過去的 299 Bus
用星期天早上 X 星巴克 cafe 做為起点。

我的人生，就不會在旅途上
神智不清了吧！

　　　現在玩很好，08:46 am

焦糖瑪奇朵 HOT
免費升級。

067

中秋節前的**咖啡館早餐**。

　　大概也只有和朋友一起，才會約去咖啡館吃早餐，咖啡館的早餐多半是三明治、法式麵包、生菜這一類的西方餐點。

　　後來弄懂為何可以自己一個人旅行卻不會一個人去咖啡館吃早餐，實在是因為大部分的餐點都是預備好的套餐組合，等客人點餐後直接

看到 Starbucks 店內的廣告布，才發現，中秋節快來了。

不烤肉以後，中秋節只期待有顆甜美的柚子可以和月亮相對望。

中秋節還常要什麼呢?!

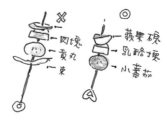

肉塊
貢丸
棗

蘋果碇
乳酪碇
小蕃茄

來串乳酪水果串吧！

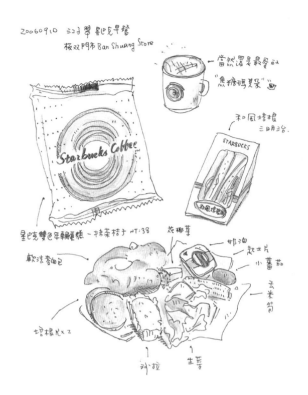

20060910 三爪睪 星巴克早馆
板双門市 Ban Shuang Store

Starbucks Coffee

當然還是最愛的
"焦糖瑪其朵"

和風培根
三明治.

STARBUCKS

和風培根

星巴克雙色年輪蛋糕~抹茶桔子 NT:38

軟法麵包

培根片x2

花椰菜
奶油
起士片
小蕃茄
玉米筍

沙拉
生菜

拿出來或再加熱的set，但三明治或生菜裡通常有火腿片或是培根，不然就是鮪魚醬，這些我不吃但卻屬主菜的東西，如果找朋友一起去，還可以用我的培根交換他的小番茄，這才不覺得浪費。

在咖啡館外看到節慶商品的預告，原來中秋節快到了，臺灣人的春節、端午、中秋，總還是有些應景活動，但家裡沒吃葷食以後也很少在中秋節參加烤肉活動，只能期待吃到好吃的柚子，看見圓滿的月娘。

和朋友在咖啡館的早餐吃到接近中午，更新了彼此的近況，交換朋友圈的資訊。離開咖啡館前，我提議，下回去吃傳統早餐，看報紙聊天吧！

兩個旅人的早餐。

BRUNER CAFE

台北市中山区中山北路二段 50巷7号
02 - 2562 - 0655 www.bcafe.tw

Nature is our best friend
Loving Earth We do

2009
0313 Cattern

普羅旺斯

(法式土司·起司·失腿·水果盅)

" butterfly "
" bat "

找一個天気 舒適的早上，只帶畫圖本和
黑筆出發去吃份有異國風味の
早餐吧!! 想像自己正在某一場旅途上，在前往
下個城市出發前，享受 Hostel 的早餐招待。
我用叉子挑起一塊普羅旺斯的法式土司，
你切了一塊起司的客的土司，我們隔著餐桌，
代表了巴黎和姐約的旅客，向這美好的一天
道聲早安。

春天，氣候也不是日日好天氣。前幾日才攀上高溫，這兩日溫度又直落，令人不免生惱。早上起床後發現有了難得的太陽，離約定工作時間還有兩小時空檔，決定要來個悠閒的春天早餐時光。

繞著中山捷運公園慢慢散步過去，跟上班的人走著相反的方向，往玫瑰古蹟方向後頭走進一條巷子，看見白色的窗子鑲著大片玻璃，只用白色卡典西德貼上一些簡單的ICON標示提供服務的內容，門口下方是三步階梯，階梯的高度是用木箱子當立面再敷上米黃油漆水泥洗細石子，木箱子刻有一組圖示和提醒小心階梯的文字。店裡的純白色空間除了表示著他們的設計美感，也傳達對環境的關懷。不論是外帶紙杯及紙杯上的封口紙膜，或在內用餐紙墊、店門玻璃、階梯的木箱上都可看見台灣保育類動物的小小圖騰。每處餐桌空間都擺上白色小杯裝的綠色植物，最裡邊的獨立空間開了天井，放了一瓶黃色小花。所有的色彩裡面，白色是最合宜的，和誰搭配看來都很舒適。

我的早餐是普羅旺斯，你點了紐約客。我們選了中間的位置坐定，方形的雙人餐桌上頭有張白紙蓋住白色的桌巾。好像開始經歷

在異國旅行中停留某一處城市，展開一場春天的早餐時光。

早上出門前，還不急不徐的看了晨間的新聞，主播用我能聽懂的中文講我不太了解的金融市場變化。出門邊散步邊想起在日本或德國旅行時，也習慣開著旅館的電視機，雖然不管日文或德文都聽不明瞭，卻喜歡在睡前或醒來時讓電視說著我不熟悉的語言聲調，間歇穿雜我和旅伴的談話，感受或猜測除了流浪的我們以外的這世界正在發生的事情。之後的早餐時間，如果在日本，我們會散步去超市準備早餐食材，製作屬於自己的台風早餐；到了德國沒有可以使用的廚房，只好依靠旅館或Hostel提供千篇一律的早餐吧：牛奶、早餐穀片、咖啡、可可、果汁、奶油、果醬、小圓硬麵包、火腿片、大黃瓜片、番茄片、水煮蛋，隨意組合吃到八分飽後，上路開始一天的城市漫遊。

櫃台傳來取餐的廣播。「您的普羅旺斯早餐好了唷！紐約客請再稍等一會兒。」

圓的餐盤下是長方形的白色小托盤，早上的陽光讓我想喝冷的茶，我加點了一杯紅茶。普羅旺斯是法式長棍軟麵包斜切後片沾了薄蛋汁去熱煎，上頭灑了白色的糖霜，夾上橘黃色起司片，和主廚忘記幫我省略的粉紅色火腿片，旁邊有一小盅新鮮水果切塊，及一小壺蜜。

你的大圓盤裡有三角形土司、奶油蛋、黑胡椒培根片，還有一杯加點的冰紅茶。

我看著你的美國紐約客微笑，你看著我的法國普羅旺斯苦笑。

我們隔著餐桌和餐盤，代表巴黎和紐約的旅客，向這個美麗的早上說「Morning!」以及「Bonjour!」。

BRUNER CAFE & DINING 02-2562-0655
台北市中山區104中山北路二段50巷7號1樓
http://www.bcafe.tw/
此店已暫停營業

姊妹倆的早餐。

　　週五晚上，大姊一個人回台北準備參加明天藥廠的會議。爸媽週末有活動不在家，二姊要去打網球沒空，大姊約我隔日一起吃早餐。我找了靠近中山捷運站的Brunch店，找到「來我家Chez Moi」。

　　「來我家」標榜是brunch經營，所以餐點多是輕食類的三明治、麵包、可頌，搭配薯條、火腿片或熱狗、新鮮的生菜與簡易烹調過的蔬

來我家吧 Chez Moi café

2008/0927 Catrain

MEAU

台北市南京西路23巷1-4號
捷運中山站2號出口

2567-4677

http://blog.roodo.com/chezmoicafe

♥歐陸早安，全日供應♥

▲ 田園蔬菜三明治 #120

和回台北開会的大姊來個brunch的会。店內擺設很舒服，可惜店員有些忙不過，動作慢些…。

抹茶歐蕾 #120

菜小點。幾乎每個組合餐點裡都有搭配的蛋，變化很多，有太陽蛋（單面煎）、雙面煎、炒蛋、全熟蛋等，也許因為是早、午餐的搭配，每一個set的蛋都是給雙份。

餐點的配色與營養都蠻不錯的，店裡的配置與色調也很好，但是美中不足的是，生意太好店員有點忙不過來。

店裡大部分的客人都點「歐陸早餐」，份量十足，盤子上有兩份蛋，麵包可選法國土司或可頌麵包、薯條、火腿片、熱狗，這樣一份早午餐，我想蛋白質應該不低，歐陸早餐的的飲料有兩杯，紅茶和咖啡擇一，果汁和牛奶擇一，可惜店員一股腦的出飲料，桌上擺滿了食物，是會讓人害怕的份量。

我點田園蔬菜三明治，用法式的軟麵包做底，除了萵苣生菜、小黃瓜片、番茄片、起司片，還有熱煎的茄子薄片和新鮮清甜的青椒丁，附上一小碟的熟食冷蔬菜（小番茄、花椰菜、玉米筍）和薯條。我的熱飲首選當然是「熱抹茶歐雷」，味道比米朗琪的還濃，但是質地比較粗，飲料表面還能清楚看見抹茶粉的渣。

整個餐廳的空間，能塞進的客人不多，但飲食內容讓客人停留的時間相對拉長，所以店家在門口還貼出限時兩小時，但這樣就實在和brunch的慢食精神相抵觸了。

和大姊難得的早餐約會，吃得很滿足。離開咖啡館，送她搭計程車趕會議，想下次大姊再來台北，約二姊一起吃三姊妹早餐吧！

味蕾的旅行

Chez Moi 來我家吧　02-25674677
http://blog.roodo.com/chezmoicafe
台北市中山區南京西路23巷1-4號1樓
營業時間：AM7:30-PM22:30

情人節之「陽春商號」一償宿願。

　　某天，和小羊先生開車經過市民大道，突然想到一家一直想去，但還沒去吃的「陽春商號」。後來證實，陽春商號跟市民大道並沒有關係，但不知道怎麼的，我有點奇怪的記憶還是把陽春商號劃在市民大道這一區。

　　「陽春商號還沒去吶……」我脫口而出，小羊先生早就習以為常我經常胡亂任意的想法，「喔。」他繼續用沒受傷的左手開車。

　　「我想去那家店很久了，可是一直沒機會去，上次忘了什麼聚會本來挑那裡，可是怎麼還是沒去成呢？」我又開始和我殘缺不全的記憶自言自語式的對話。「嗯。」車子已經開下閘道，有點塞車是正常的。「我問你，情人節是哪時候？」車子突然急切的煞車。有人擺出無奈的眼神，我讀出了「怎麼會半路殺出這種問題」的表情，我想還是換一個話題聊好了。

　　星期四的早上，在淡水翻了一下波赫士和艾可。討厭的艾可總是要花掉我所剩不多的腦汁才能看懂。

　　小羊先生傳了簡訊來，「晚上去陽春商號。」開心。

　　被艾可打敗，不知道哪時候進入昏睡的我，被電話叫醒已經是晚上七點。完全睡昏，連晚上要送小繪本都還沒做，我還是很厚臉皮的去赴約。可憐的小羊先生上了一天的班，還要忍受我的遲到，一個人先去市政府站附近，找傳說中不好找又沒招牌的「陽春商號」。

　　而我才要從淡水站上車，在座位上攤開前一天在MUJI買的空白小繪本。掏出紅色的色鉛筆，略過第一頁，開始畫我沒有腳本的情人節禮物。

陽春商號　8786-0810
北市光復南路447-24号

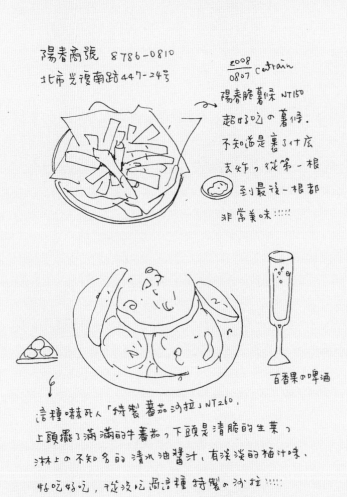

2008
0807 catrain

陽春脆薯條 NT150
超好吃の薯條.
不知道是裹了什麼
去炸っ從第一根
到最後一根都
非常美味!!!!!

百香果の啤酒

這種味死人「特製 蕃茄 沙拉」NT260.
上頭攞了滿滿的牛蕃茄っ下頭是清脆的生菜っ
淋上の不知名的 清水 油醬汁、有淡淡的梅汁味、
好吃好吃，從沒吃過這種 特製の沙拉!!!!!

然後，偶爾回家一起
尋求「墮落」的

高熱量…啊…啊

走進小羊說的巷子找著門牌號碼，見了一個淡藍色透著黃光的門，看起來應該是它，小心推門進入，看到小羊先生一個人坐在位子上喝著酒。

一坐下來先賠罪，把小繪本禮物遞給小羊先生，他一個人默默的翻了起來，在看到了「偶爾，我們一起尋求墮落的高熱量…啊…啊…啊」那頁，噗嗤的大笑了起來。我畫的都是事實，你說說回來台北胖了幾斤，而我怎麼都胖不了，還被朋友說最近又瘦了。

在上菜前喝了幾口微酸的啤酒。陽春商號裡頭，幾張桌子擺著，色調很有復古味道，但是光線在裡頭才是主宰一切的源頭，這種老房子有他特有的味道，最喜歡的是一推開門到進入店裡之間的前庭，讓人有一種舒緩的感受，巷子裡小庭院後的小餐廳，有自己的上菜步調，不像老闆的老闆，客人在自己的一方桌子上自在的聊天，時光在這裡慢著慢著的，有點隨意，又有點主張，店裡的名片是一個類似發票章的圓戳章蓋在書局裡可買到的名片大小的粉彩紙上，我拿了張名片，順手也掏了旁邊糖果罐裡的酸梅甘仔糖，老闆來加水時，不好意思的問我們還要不要再來顆糖果。老闆沒關係，我們的餐趕快來就好了。

等了有一世紀那麼久，我們的晚餐（已經是晚上九點半了）終於陸續送到。吃完後，深深覺得，等再久都值得，所有食物都是現點現做，薯條不知道做了什麼法，超級好吃，和以前吃過的完全不同，熱騰騰的薯條上灑上新鮮乾燥的香料，超美的。特製番茄沙拉剛端上時，讓我極度傻眼，這麼會有如山一般的沙拉盅，用叉子瞄準蕃茄片，「這是牛番茄哎！」超級好吃，好好吃唷！

謝謝你，總是默默的接受我的任性，陪著我去一個又一個的地方。以後，還要一起往更多的地方去唷！

陽春商號 02-87860810
台北市光復南路447之24號
營業時間：PM13:30-PM23:00
週二公休

味
蕾
的
旅
行

每一ㄍ時刻的牽手、都好重要。

08

蘑菇是為了尋找更好的生活小日子。

.MOGU

焦糖蘋果派：
今天比較小，所以
只算加元。

IMP 304 SUS

IMP SUS 304

焦糖蘋果派搭配中山區の窗景，十分合適。

蘋果厚塊用糖煮漬，放在薄派上，撒上檸檬酥，

大考過最香了。淡雅清香使人舒服。

6~12分長寬的蘋果派被置放在一只敦厚的四方碟子

滴上幾滴鮮奶油，白花花的挺可愛的。

MOGU ♥   2008 / 0113 · Catrain.

沒有用的蘑菇說：「我在忙的並不是你肉眼能感覺到的，我所想的也並不是馬上見著的。」

忘了是從哪時候開始收集《蘑菇手帖》，但手邊能找到的最早的是2004年發行的第三期。《蘑菇手帖》是一本相當薄的雜誌，每一期呈現一個主題，由許多人寫著有點自說自話的文字，通常附上相當有風格的插圖，裡頭的文字說是文章，倒比較像是從朋友那裡收到的私密信件般親暱。雜誌後半篇幅偶爾會介紹蘑菇推薦的音樂，以及他們自己做的衣服、筆記本或是小提袋。蒐集了幾期後才弄清楚原來蘑菇比我想像的更有規模更「有機」，蘑菇是一個名叫「寶大協力」的設計公司所發行的刊物，所有刊登在手帖上的作品，都是由工作室的設計者或是相邀的設計師完成，有別於一般發行量高、講求時效性的雜誌，《蘑菇手帖》發行時間採季刊上市，限量印刷販售。

2006年冬天來到前，蘑菇在中山捷運站公園旁找到一棟我看了也想擁有的舊式三層老公寓，開起實體商鋪。他們發給平日坐在電腦前動滑鼠甩鉛筆的設計師們一人一條小圍裙，讓設計者與使用者面對面接觸。一個下午我獨自推開樓下的玻璃門走進去，室內柔和的燈光和滿屋子設計作品連接外頭小公園的綠意溫暖，中央的工作桌有著厚實的質感，上頭放著原本只在手帖裡才能看到的蘑菇商品們。我從蘑菇的門窗就開始愛上了這裡，尤其一整個味道讓我重溫日本旅行時的處處驚喜感。踏上二樓的台階讓我想到東京360度藝廊的空間。那個剛離開的夏天，我拿著旅遊書上附的簡易手繪地圖，走在東京街上，想找到奈良美智在巷子大樓頂的AtoZ咖啡館，卻先走進在另一棟公寓裡的東京360度藝廊小房間，那是我最先看到關於創意手做商品寄賣的形式。

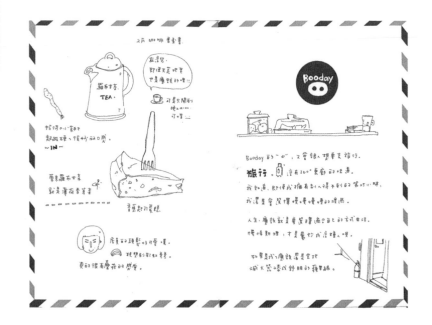

　　二樓是咖啡館的空間陳設，一轉頭就能看見小公園樹頭高度的世界。

　　menu就用粉筆寫在窗邊的黑板牆壁上也許每天的圖案都會不一。上階梯入門左手邊的牆柱上釘了一個可愛的藍色老磅秤，淺圓盤上放置許多的銅板，圓盤上方有個指針和數字顯示這些愛心的重量，牆上貼

著劃撥收據，這些零錢來自每天來來去去的客人，只要願意就可以掏出身上的零錢，成就這份愛心，由蘑菇幫你彙整捐獻出去。

　　二樓有一面牆架擺放蘑菇推薦的音樂，菜單黑板的旁邊有一個工作檯和牆面組合放置了蘑菇關注的藝術家和設計師的作品。我喜歡蘑菇的空間，很有想法但是也很簡潔，這是一個把「我這種人」塞進去，剛剛好穠纖合度的所在。

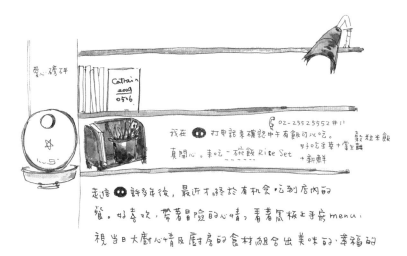

愛心磅秤

Catrain
2009
0516

我在 ●● 打電話來確認中午有飯可以吃。 ☎ 02-25525552 #11

真開心，來吃一碗飯 Rice Set 好吃主菜＋學生穀粒米飯＋新鮮

走進 ●● 許多年後，最近才終於有机会吃到店内的
餐。好喜欢，帶著冒險的心情，看著窗板上手寫 menu，
視当日大廚心情及廚房的食材組合出美味的、幸福的

一餐。從 menu 上根本無法預測蘑菇店員們端上桌的会是
什麼菜色。我選過日式醬油蘿蔔，吃得到食物的清香甜味，
才發現，有時冷的食物依然很美味。 有一回，得到法式

香拌焗烤，一整大盤的
蔬菜。起司的味道
不会搶到蔬菜的原味。

主角是米，學生穀粒的白米，
吃過的一定会想再來一碗的!!
絕对不会留下任何一粒白米。加分的，
是蘑菇朋友從國外帶回的海鹽，增添了丰富的味覺層次。
是該好好吃飯的時候了，嗯~嗯，摸摸肚子好滿足!!

HAVE A B♡ADAY

日 日 是 好 日

2007
0313 catrain.

→ 蘑菇今日の黑板刊頭!

CAFE

要維持日日是好日的心情,

TEA

是別人覺得難,但我卻幸運擁有每一日。

LUCKY!!

CHOCOLATE

即然可以選擇快樂的心境,

當然是好好的 keep。

幸福在心裡有一口井,深不見底,

BEER

但讓人感覺心地清涼,

快樂品種的浮萍在裡頭、

「把我分送出去唄!」

HOMEMADE

因而,我才知道,我的幸福與快樂,

越起渦心頭的井,許多許多!

小百合攝

Arne
アルネ

0302 · Catrain

MOGU × 夏 × 芳香橙果 tea

一口大小的蜂蜜蛋糕,
貼心地用小叉子插入。
其實是 Arne 雜誌的封面。
真想吃蜂蜜蛋糕味!!

去蘑菇,正好有夏夏的展

2008 夏 [換你說] 剪紙·詩
2008.1.18~3.10 / Booday shop

→ Caffeine free
因為感冒中,所以只能点
無咖啡因 o hot drinking.
芳香橙果茶。
NT 130.
差矣,這味道要变得
苦澀而難以自味蕾
記憶中剎除。

離開 MOGU, 散步在微弱的 sunshine.
想說什麼,該說些什麼。一樣沒有廢小事,
穿過來掌街,我們都愛的巷弄,維持著一份美好。
左手攜著右手重走─回那日午后的陽光,奠客般的走過玫瑰古蹟。
双連○仔、麥巧克飲品店,以及腳下的每一步。努力的,
繼續往下踏出堅定又勇敢的下一步去。走吧!!

085

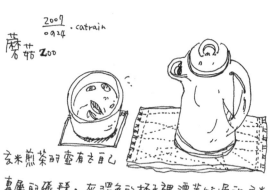

蘑菇 zoo

2009
0924 . catrain

玄米煎茶的壺有之自己
專屬的備椅，灰溫色的杯子裡漂著炸過的玄米
泡軟了的玄米，杯底有斜展開的茶葉，大概是
綠茶吧!! 一上一下的在我認為是小的杯子，對
玄米和茶葉來說，應該很大吧!!

→ 相贈
馬鈴薯蔬菜

mOGU

Catrain 2009
0304 @MOGU

蘑菇 02-25525552#11
http://haveaboodayshop.blogspot.com/
臺北市大同區南京西路25巷18-1號
營業時間：週日-週四 PM12:00-PM09:00
週五-週六PM12:00-PM10:00

寶大協力設計有限公司
http://www.booday.com

　　每隔一段時間我都會來這裡報到，好像是一種充電模式，可能是來買一本剛出爐的《蘑菇手帖》，或是看看新的蘑菇商品、店內展覽，如果有新朋友想找中山區下午茶的地方，我會用磨菇來測試對方的接受度，以此作為交往深淺的參考。來這裡，我常常不小心就忽略一起來的朋友，逕自一個人畫起圖或從書架上取下雜誌書籍配著茶點閱讀，時光在這樣的空間裡流動的特別緩慢宜人，我抬起頭喝茶時才會想起還有朋友同桌，我希望他們也能在這個我喜歡的空間感到自在。

　　到蘑菇喝茶或吃飯，我習慣一進門就用目光搜尋值班的磨菇店員，目光交錯相互點頭後，我扳出手指頭表示今天帶了幾個人來，自行坐定位置跟朋友指出黑板菜單的位置。這邊的正餐每天只有一兩種可以選擇，有掌生穀粒的米煮成的飯，蘑菇廚師到市場挑選的食材，將我們習慣的材料煮出不同的味道，店員確認我是「無肉則歡」型的鍋邊素後，直說沒問題，我也很放心的說，麻煩你了。每次吃蘑菇的餐都好像是歡樂大摸彩，不知道廚房會端出怎麼樣的料理取悅我的胃。

　　蘑菇的夜晚，老公寓透著半透明的光線，像小豬鼻子的招牌LOGO依舊無憂無慮的看著這個世界。

　　窗外的人群移動趕著路，而我，在這裡繼續編織悠閒的小日子。

院子裡風和日麗。

這裡有風和日麗的音樂，
超喜歡的濃情巧克力cake，
茶葉是綠碧的，而且每壺都是
現煮，現泡，熱茶の茶葉會另置。
店內也貼心の備有無線網路和插座。

濃情巧克力
NT 90

桌心、CAKE、餅餅皆是自製の，每次出爐時，
香氣要命的四溢⋯。店貓十分親人，體型碩大驚人，
卻直在優游的在不同的桌间移动，或在桌前找到舒適角度，
沈沈睡去，勻稱の呼吸聲苦苦象人般。

每隔一段時日，我們就會往這裡跑，桌杯茶飲、桌心、享受此刻的自由，
也許就像店貓一樣，主宰自己的生活步調與時间，這一切，
是也不需多贅述。

2008
1017　catrain

　　有一段時間，下班後我都要從淡水趕到文大推廣教育去上基本裁縫
和手工包包的課程，只是因為看著家裡那台裁縫機沒人踩有些可惜，
所以起了這樣一份上進心，還拉了好友當我的同學一起去作女紅。
上完一期課除了拿起針線不會亂戳外，還發現附近有個可愛的院子
cafe，不久後就成了我的祕密基地，一個人去也不尷尬的咖啡館。

　　院子咖啡是一個接近長形的空間，但是從人行道經過時容易忽略
這是個咖啡館，只覺得這兒的庭院真可愛，還有戶外的座位，對著花
花草草甚是悠閒。咖啡館對外是一整片的落地窗，推開木頭框的玻璃
門，要稍微往上出力，院子在這裡五六個年頭，好像真的已經變成我
對這條路上的印象了。

$\dfrac{2006}{1102}$　偷閒。

今日的裁縫課．到教室才發現停課．
索性到院子．風和日麗坐坐。

2707-8648
北市建國南路2段193号1F
amyyard.agoodday.com

院子‥  CAFE

・伯爵紅茶．

・蘑菇起司三明治

貓在這有我所
　追求的自由感 &
　悠閒、保有它
　完整的靈魂。

□院子的紅茶也用 LUPICIA 的、且是「煮茶」，
在倒入茶壺前會將茶葉濾去、因此十分順口。

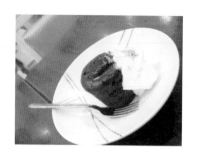

除了吧台有高腳椅的座位外，靠牆的兩側都是方塊小桌，靠近門邊的是張小圓桌，感覺整個場景怎麼拍都覺得好看。如果沒帶工作來這裡做事，我會走向後頭的書櫃抽幾本我有興趣但還沒讀完的書或雜誌。我還記得第一次看到店裡書櫃上的書，和我閱讀的口味相近，因此對這書櫃倍感親切。

如果是平日下午來，也許還能遇上店裡的cake time、cookie time，空氣中散著甜美的滋味。下午茶時段，可以從蛋糕櫃裡挑一塊配茶配咖啡，好好的用自己的步調品嚐。店裡很受歡迎的「濃情巧克力」加熱後放在淺碗裡的亮黑，配上擠出一球鮮奶油泡，點綴在上的薄荷葉，用小叉子剖開，裡頭的巧克力岩漿就會緩緩的流洩出來，沾到了原以為是用來配色相襯的鮮奶油泡，將這一黑一白一起送入口中，內心第一次因為吃巧克力而獲得滿足。

店裡提供各種茶飲、咖啡、果茶，我喜歡他們挑選LUPICIA的茶來作店內茶飲。煮好開水後，將散茶放入關火，等茶葉都展開來後將熱茶裝進白瓷壺裡，不用擔心茶葉在裡頭悶泡釋放過多的咖啡因。如果點的是奶類的茶飲，可以看見透明杯子裡從底部的白色漸層到上層逐漸透出茶色。

常來店裡的客人，多少都受過店貓動動的關照，有時候他會一個勁的跳上身旁的座椅，挪了個舒服的位置開始入定打盹，以為已經熟睡了，他又起身拉筋，跳下椅子緩緩走到門口，看著外頭的小花園或經過的人車，雖然身為大胖貓，但是跳上跳下動作依然很流利，一點也不遲疑。

曾有新來的客人因為動動目前的體型，開始猜測他大大的肚子裡頭究竟是裝了四隻還是六隻小貓，但其實他根本一年四季就都是這樣的

院子cafe 02-27078648
http://blog.yam.com/yardcafe
台北市建國南路二段193號一樓
營業時間：
每週一公休，
週二-週五 PM12:30-PM23:00
週六 AM11:00-PM23:00，
週日 PM11:00-PM22:00

體態了，店員面對客人指著動動詢問，他是不是快要生了？總是不好意思的說，他是男生，只是因為結紮後跟著別的貓吃了坐月子的飼料（幼貓飼料），就變成怎麼一回事。動動一點也不會把大家的指指點點放在心上，想出門蹓躂的時候就坐在門口，喵喵叫兩聲，好心的客人如我就會起身幫他開門。

　在這裡，貓很自由，人，同樣也是。我在工作大暴走之後就會來這裡，坐了一下午，順便想想接下來自己的人生目標要往哪裡去，也許生活是被環境所限定，但是心要比動動還自由，學著主宰自己的生活步調與時間。

味蕾的旅行

有老闆娘堅持的
貓薄荷咖啡館 Catmints Cafe。

台北市羅斯福路2段101巷口號
8369-1271 www.catmints.com.tw.

Catmints Cafe

2007
0306 /catrain/

◆貓薄荷 手作蛋糕·咖啡·輕食

今日行程在師大商圈，開完會後與小豬媽、老大碰面，
我提意要去 Catmints Cafe。這兒是老大的地盤，穿過師大體育場
旁的小路，一會兒就繞進101巷。選了面向落地窗的沙發區。

舒服的感覺就是時間×好地方×老朋友。
老大在這兒說了一個夢想——在法國開一家茶房、裡頭的茶
(也不過4種)全來自台灣。源記的有機綠茶、坪頂的包
種……。我把集點卡留在店裡，左邊第一排最底的一張。

師大夜市商圈一帶有很多各具特色的咖啡館,有的以室內陳設聞名,有的以餐點咖啡取勝,有的店裡甚至有無線網路及插座提供,有的店家會貼心的在門口準備桌椅給煙槍客們使用,有的店裡會有可愛的小動物出沒。

但一走進師大夜市我就容易迷路,總是找不到原先進入的巷子,迷失在各家咖啡館的招牌裡,終於有一天,經由朋友介紹一家鄰近師大商圈卻又不是在師大商圈裡的巷子咖啡館,重點是,咖啡館前有個小花園,安置不想被豢養卻還是依賴著店裡餵食的流浪貓們。

第一次到貓薄荷,依著先前從網路上找到的電子地圖,從古亭捷運站三號出口上來第二個巷口左轉,再走幾步路就可以看見貓薄荷門口的小花園,收起雨傘放入傘筒裡,門邊正悠悠的走來一隻三腳橘子貓,經過門口繼續往左邊前進,停在門邊的貓碗前接受店家的食物,吃得咖拉咖拉的聲響。

店裡空間很舒暢,一進門的左側是舒適的沙發區,常常是熟客們的指定座位區,沙發區後面橫貫到底分別是櫃台、蛋糕櫃、吧台,以及用長布帘分隔的蛋糕廚房區。店裡右側,有一排連著牆壁有靠背的長沙發,用幾張桌子區分出不同的座位區,中央擺了兩三組桌椅,最後頭有個大工作桌,合適多人一起開會。

貓薄荷的老闆娘 Kitten,總是帶著一個粗框眼鏡,剪了齊眉的瀏海,但人通常在廚房拌粉忙著作蛋糕,偶爾才會出現在櫃台,或是當店裡有客人聲音太大影響別人時,她會走到客人面前提醒你要注意音量…。

站在蛋糕櫃前,用手指頭指著,「麻煩你,我要這塊蛋糕。」的時候,好像回到幼時,手裡捏著銅板踩著拖鞋跑去雜貨店跟老闆說,我要買這個糖果的愉悅心情。我喜歡店內自己做的蛋糕,有起司蛋糕,有派,有甜的有鹹的,全都陳列在蛋糕櫃裡,已經劃上四刀切成六等

分的蛋糕片，份量比一般咖啡館的還要大，還不時有一些其他地方少見的食材組合成的蛋糕口味，用叉子挖下一小口，沒有華麗的裝飾，只有扎實的味道，一口就可以感受到製作者的用心和堅持。

後來因為在blog分享在貓薄荷畫的圖，因此被老闆娘記住了。後來再去店裡坐，有時候Kitten休息不忙時，會跟我小聊幾句。她打趣著說，希望客人來這裡不要只想要找老闆娘聊天，真的記住貓薄荷的味道，才是她希望的。

我也曾經夢想開一家小小的店，和朋友共同經營，我想賣花，朋友麥比說想賣咖啡，或許那時候許的是一個關於夢想的空間。現在想起來，小時候做做夢總是不太考慮什麼現實經濟情況的，和我約定好要負責咖啡的麥比，研究所畢業後已經在竹科工作六七年，是家人人稱羨有發展前途的高科技公司；現在的我連花的種類都沒辦法說齊全，翻土時挖到蚯蚓小蟲就全身起雞皮疙瘩，但也已經在教室畫了七年的黑板。

和麥比久久連絡一次，他總問我，如果不當老師，還會想做什麼工作？我想，現在除了教書畫黑板外，尚未養成其他武藝，如果離開現在尚稱穩定的工作，可能很快就會因為經濟困頓而失去了目前生活中的自由，這樣一想便還是把身子縮回來乖乖工作。但人如果真能隨心

所欲，我的確還存有想擁有一處小店舖空間的心願。雖然當員工有上下班時間，當老闆得要二十四小時待命，並且承擔所有的風險，但總是跨進自己的夢想，不管是辛苦的還是歡欣的都是最真實的過程。

　　我後來才知道，Kitten在開店前，在銀行工作將近十年，最後還是找回自己想走的路，開店做蛋糕，掛上屬於自己的招牌。

　　我想，自己也許比較笨，十年時間如果不夠，那我可以用二十年的時間來完成我的夢想。

貓薄荷 Catmints Caf'e 02-83691271
http://catmintscafe.blogspot.com
台北市羅斯福路二段101巷9號
（捷運古亭三號出口）
營業時間：
週二~週六 PM12:00-PM21:30 / 週日至18:30 /
假日早午餐：週六日10:00-13:00 / 週一公休

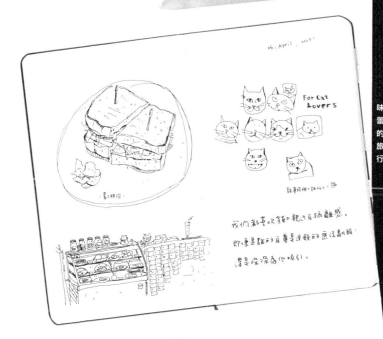

06. April . 2009'

For Cat Lovers

.蔬三明治.

貓薄荷裡，如此+.圖

我们都喜欢貓的親近及流離感。
即使是貓的直着是与股的無法割捨眼。
還是深深為他吸引。

南機場夜市×呷臭彈蒸素臭豆腐

朋友老大對吃有獨門的見解，他偶爾進廚房煮大餐請朋友享用，沒開伙的時候也會收集各路好味道。一日，問起他常去到南機場夜市有什麼好吃的？他就特別指點我這個「素人」一定要去嚐嚐「呷臭彈蒸素臭豆腐」。

其實我很怕吃麻辣豆腐或是蒸臭豆腐，因為東西吃下肚子走出店外，經過身旁的路人還是可以聞到非常重的料理調味的味道，馬上猜出我吃了什麼。我想我不喜歡蒜頭，大概也是這個原因吧！

但這家在中華路南機場夜市有兩家店面的蒸素臭豆腐，都已經標榜自己所有餐點是素食可用，我抱著姑且一試的心態，沒想到過了一般的用餐時間，店裡還是坐滿了客人，幾乎每桌都點上一盅臭豆腐，配上小菜、或是麵食、飯類。

我們一人點一盅臭豆腐，另外端了幾道冷盤小菜打發時間，好渡過那開始蒸臭豆腐後的十五分鐘。雖然要等一會兒，但是按這時間作好控制，才能避免調味醬汁蒸煮過久致使豆腐走味過鹹。

這裡的小菜也很夠嗆，除了家常的豆乾絲配薑絲外，還有黑蔭豆拌青辣椒條，以及檸檬鳳梨涼拌蓮藕片。我還是第一次吃用檸檬汁醃蓮藕片，撒上新鮮的鳳梨碎塊，這樣不同口感的搭配，讓我開始期待等會兒上桌的臭豆腐。

趁空檔拿出MOLESKINE，想為這餐留下記錄，才發現用習慣的黑筆留在辦公室沒帶走，同桌的小羊先生和老大也掏不出一枝黑筆來，但現在有萬分的畫圖靈感，說什麼都不能錯過，只好拿桌上填寫菜單的藍色原子筆來用，沒想到淡淡的藍色線條還蠻有味道的。

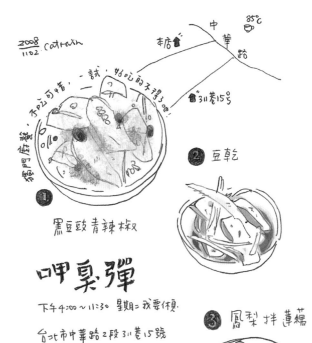

2008 Catrain
1102

中店🫖 中華路 85℃

不吃可惜，一試，好吃的不得了🍙

繪門煎蛋，

魯川巷15号

① 黑豆豉青辣椒

② 豆乾

呷臭彈

下午4:00～11:30 星期二我要休.

台北市中華路2段31巷15號

230-19448

③ 鳳梨拌蓮藕

南機場觀光夜市

南機場夜市賣吃的佔多數，雖然只有
非常短的 丌字形街道，但是，好吃的攤位
非常多呢!以上四來說，對基隆甜不辣攤
打了很高分。

今天由南機場夜市夢遊一老大，帶領我們

深入，首先拜訪的是（素）蒸臭豆腐。

＊現蒸15分鐘臭豆腐。

蒸臭豆腐

果然是點單後要等上15分鐘，這時候只好猛吃

涼拌小菜。

① 黑豆豉青辣椒 ② 豆乾 ③ 鳳梨拌蓮藕。

蓮藕這道很特別，用檸檬汁和鳳梨醃，不錯。

臭豆腐上桌，酸、辣，但順口，而且不油膩，

一份裡頭有二塊豆腐，一人吃可以當主食，

二人吃可以當配菜，合適極了。

對了，夜市裡有二家，口味稍不同，都可去試唷！

畫好小菜正好遇上臭豆腐上桌，碗公裡除了有兩大塊豆腐外，還有綠色的毛豆，整朵香菇，薑絲，一點點的紅辣椒以綠色九層塔葉配色，下層是噴著香氣的醬汁。夾一塊豆腐，連著薑絲一起入口，不覺得油膩或是調味過度，使用大蒸籠蒸煮的方式不用爐火直接烹煮，反而覺得清爽。

這是心滿意足的一餐，是一道吃過後會讓人在嘴饞的時候想起的豆腐料理，而且備料和烹調方式簡易到自己在家裡也許可以進行，其中的關鍵大概就落在醬汁。

我還在味蕾殘餘的味道中反覆推敲其中的調味組合可能性，走出呷臭彈的店，老大提議喝杯健康的蔬果汁。

我們來到被老大稱作三姊妹半屏山的「美蘭阿姨果汁吧」，小小的攤子裡有三個活力十足的阿媽為大家服務，三個人的頭髮都是我小時候看到最流行的女性髮式和髮色，把酒紅色的瀏海往上梳到至高，噴上好幾層的髮膠牢牢的固定，展現阿媽們的朝氣與親切感，如果面對這麼多種蔬果組合不知道如何選擇時，可以稍微描述自己目前是會便秘還是想美白，阿媽會用她們多年的智慧與經驗給你適切的建議。

這一趟南機場夜市初探，雖然沒有酒足飯飽，但也是抱著滿足的肚子離開，還沒嘗過的庶民美食就等下回再來應戰。

呷臭彈蒸素臭豆腐 02-23019448
臺北市中華路二段311巷15號
營業時間：PM16:00-PM23:30
（週二公休）

美蘭阿姨果汁吧 02-23321024
台北市中正區中華路2段309巷

咖啡·有機茶
手作料理

日和三一

台中市五權五街
210巷22號

台灣梨山茶
靈犬初露

2009
0919 catrain

日和三一，走進巷子裡的生活。

我終於有認識的朋友開了一家我喜歡類型的餐廳了。雖然在整個大台北地區有許多我喜愛的餐廳，也因為吃吃喝喝畫圖，認識幾個開店的朋友，但是遠在台中國美館附近巷子裡的這家「日和三一」小館子，我在蘑菇泥老闆籌備店面的期間藉由網路認識，因為他看到我在部落格貼了一篇關於草葉集竹北店結束營業的文章而來留言。蘑菇泥原先在中山站附近的蘑菇作設計，也幫忙設計店裡的菜單食譜，後來因為對料理的熱愛，讓他從移動滑鼠作設計變成了拿鍋鏟作料理的手。

這差不多，是四五月的事情，我們就藉由信件一來一往的拼湊，原來我們都認識草葉集Peggy，也許我曾經在蘑菇咖啡區吃過他作的蛋糕或是料理，我們也同意蘑菇手帖早期的封面紙張比較有質感。

大概和他年紀相仿，同樣喜歡蘑菇無造作的設計所以很聊得來，聽他提到計畫要在台中開餐廳，考量的是台中生活步調比較慢，租房子開店也比較不會有壓力。於是從五月開始就搬到台中去進駐，開始籌備開店。

我本來以為籌備開店不就是去尋找適合的食材、設計菜單，頂多還自己設計室內陳設，找熟識的工班師父進來裝潢，添購桌椅、餐具等等，應該一兩個月時間可以完成開店。沒想到，對蘑菇泥來說完全不是麼一回事，每次在線上遇到蘑菇泥，我就會問哪時候開張？他總不急不徐的說還要再等等，果然是蘑菇人。

　　這一等，等到七月中和小羊先生到台中東海書苑三店拜訪時，順道繞過附近的日和三一，找到巷子裡可愛的三層樓，建築的表層是現在已經很難看到的洗石子，前庭的圍牆跟成人差不多高，一樓的鐵窗是交錯的線條，一點也不俐落但卻很有古拙感。

　　蘑菇泥接到電話後從二樓踩著夾腳拖鞋趴拉趴拉的跑下來幫我們開門，一樓雖是玻璃推門，但是四邊的鋁框和把手板面上的紅色「推」字，不免讓我們聯想到舊時的診所，玻璃門上會貼著XX牙科或是OO眼科之類的字樣，蘑菇泥說這房子的前身不是診所，只是很像，而且這房子在民國63年蓋完，小他一歲呢！

　　走進一樓，地板是磨石子地，整個空間還在施作木工，大型的裁切車刀和一旁的木屑顯示這幾天還在密集上工，雖然一切都還沒有就位，但蘑菇泥還是帶我們看整個環境，介紹將來的樣子。最特別的是這房子有後院，後院已經鋪上杉木條，擺上幾盆好看的植物，在夏天的夜晚，成為適合拿著啤酒好好放鬆的最佳位置。

　　蘑菇泥把每一處該有的風景說完後，不好意思的說因為所有的裝潢都是他和另一位以木頭為創作素材的朋友自己來，所以只能慢慢做。我安慰他，沒關係，至少目前是on the road，準備好了我們會再來。離開前，我問了店名，為何是三一，不是別的數字，蘑菇泥笑著說，他女朋友是三月一日生日……

　　那次造訪後兩個月的某一日收到蘑菇泥捎來的簡訊說已經開始試賣了，十月十日正式開幕。我和小羊先生就趁著參加日月潭活動的週

末，來準備好的日和三一用餐。

　　中午十二點開門，我們穿過台中地區異國料理餐廳戰區的綠園道，走進巷子裡確定門口的招牌掛著「日和三一」，推開門尋找座位坐下，身體期待著送上菜單，最後四處張望眼睛搜尋到黑板菜單，於是開口詢問中午有什麼好吃的？「我們只有一種餐點，每週會更換菜色。如果有不吃的東西可以先跟我們說……」

　　日和三一初期餐點的部份是以每週更換菜色的方式進行，所以門口邊的黑板菜單上，主餐只列出一樣，但如果是像我這樣吃素的朋友，也可以跟店裡講，他們也能準備素食者可用的餐點。飯用的也是「掌生穀粒」的米，其他食材都是當天開店前到附近的傳統市場採購回來。

　　日和三一和兩個月前的風貌全然不同。桌子板面是手工刨到摸了不扎手，搭配的鐵架也不是現成可以找到的設計，最外側的座位用大沙發取代，伸手就能從一旁的書櫃抽一段閱讀時光。空間的中段也有個書櫃，上面多是設計、旅遊、食譜、日文雜誌等書籍，也有小朋友可以翻的小

繪本，喜歡的可以拿回座位慢慢讀。還有還有，廁所我還挺喜歡的，延續建築外牆的洗石子，通過手的觸感傳達材質的歷史感，最特別的在廁所的門，用回收的木條拼成一扇門，表面也全都處理刨光，裝上毛玻璃，關鍵的把手一看就知道是家庭古董舊物，他們在這裡被組合重生，對日和三一有了畫龍點睛的效果。

目前牆上多處還留了大片空白，但空間將會隨著時間改變，門邊貼了一張《蘑菇手帖》印刷打樣的拼稿，是蘑菇泥的舊同事帶來的禮物。我們用餐位置的牆上貼了兩張樂譜，其中一張是〈家後〉，猜測應該是獻給這家店的女主人。

從進門到從容的把今日的餐點畫下，拿出水彩盒上色後，我才慢條斯理的開始品嚐眼前的掌生穀粒米飯、生菜沙拉、和蔬菜高湯。附在餐盤上的還有一小碟的紅醬和四分之一片的大黃瓜，我原以為這是番茄醬，但卻無法臆測它的作用，問了蘑菇泥才知道是拿來沾蔬菜湯的佐料，提味用也可以倒入湯裡攪拌增加鮮度，嚐了一口，本來已經感覺有甜的茭白筍因為紅醬增加了味道的層次。蘑菇泥特別建議我們可以留一些飯和湯作成茶泡飯，至於味道如何，等你自己來試看看。吃日和三一的料理，不會特別感覺是走進哪一個國家的餐桌。台灣的食材配上不知

日和三一 04-23757062
http://johnnyfood.blogspot.com/
台中市五權五街210巷22號
營業時間：PM12:00開始營業
供應午餐晚餐　週二、三公休

掌生穀粒糧商號 02-27237511
http://www.greeninhand.com/
台北市光復南路415巷182號1樓

道什麼地方的香料，沒有特別強出頭的味道，但是個別品嚐時候卻又能吃到原有的滋味。

　　喜歡日和三一給人的包容性，以及對食物的尊重性，離開前我們大力的稱讚這一餐的滿足，也希望很快能再來吃新菜色，但我沒告訴他的是，我已經偷偷把日和三一標成我的台中廚房了。

味蕾的旅行

和台灣一起牽手散步

如果你問起我這趟人生旅程的目的，
我想，
應該是要讓我一邊旅行一邊用圖畫來記錄，
等我老了哪裡也不能去的時候，
可以一頁一頁的翻開回味。

拜月老守則。

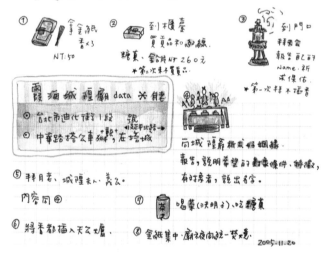

求姻緣密笈 區A黑.

很久以前就知道霞海城隍廟的盛名，這次為了要帶眾家心急屆適婚年齡的姊妹兄弟才搭起這一團。昨晚提早離開的兔子也傳簡訊想跟，But 趕不來先預約的下一團，So, today 有2男.3女，我負責看頭尾。其實這是很糗...要把配的姻緣向月老把問 🙂 羞...

其實，還挺有趣的，在這裡記一下流程：

① 拿金紙 香x3
NT:50

② 到櫃臺 買貢品和姻緣線
糖菓、鉛片 NT260元
*第二次來不買貢品

③ 到門口 拜天公 報告配對的 Name.祈求保佑
*第一次拜不擲筊

霞海城隍廟 data x月老
● 台北市迪化街1段 號
● 中華路搭公車 觀,在塔城

④ 向城隍爺祈求姻緣.
報告,說明希望的對象條件、特徵,有對象者,說出名字.

⑤ 拜月老、城隍夫人、義久.
內容同④

⑥ 將香都插入天之爐.

⑦ 喝茶(決明子)、吃糖菓

⑧ 金紙集中·廟後面燒-發爐.

2005.11.20

看著自己的年紀逐年接近三字頭，身邊還沒遇到良伴的好友也好幾個。有朋友從網路上看到拜月老廟可以增加自己的桃花良緣，便號召「善男信女」組團要讓月老摸摸頭。

出發前，我在網路上查詢拜月老要注意的事情，也發現以前多是長輩到廟裡去幫忙祈求姻緣，現在年輕人雖然不時興相親，但是對於拜月老這種事情卻是「有拜有保佑」的心態。最後我們決定去大台北地區香火十分鼎盛的大稻埕霞海城隍廟拜拜。

　　霞海城隍廟的方位大致上在台北車站後方的迪化街商圈，可以搭捷運到雙連站往延平北路方向走，或搭公車在塔城街或延平北路口下車，在往永樂市場方向就可以看到了。

　　霞海城隍廟裡，供奉各種神明，但大致上可分為大殿中央的城隍爺，左方的月老，右方偏殿有城隍夫人、菩薩以及義勇公，求考試順利的文昌帝君也有，還有協助尋人的馬爺、虎爺，求子、保護幼兒的註生娘娘、庇蔭大稻埕地區商家的五路財神爺等等，真的是一座服務一家大小、滿足社會大眾的老祖宗廟。所以來這裡除了求姻緣拜月老外，也可以拜拜祈求家人平安健康。

　　假日的下午，永樂市場的布行公休，但這附近還是很熱鬧。到廟裡如果不清楚該拜哪個爐，點幾支香，都可以請問服務台的人員。跟廟方表示是第一次拜月老，服務的阿伯會集合一批一批的信眾說明大致的流程，要拜月老的人先買一組金紙和香（50元），以及供品「紅絲線、鉛錢、糖果六份」（260元），其中糖代表喜糖，六份則是取閩南語中六與「抓」諧音；鉛錢以紅紙包覆，是「有緣」、「有錢」的諧音，鉛也有「牽」的音。祭拜月老的供品類似註冊費，只有第一次來拜拜的人才需要買，之後來拜只需要買金紙和香就可以了。

　　依照廟裡阿伯的提醒，我們先把供品整齊擺放在大殿中央的城隍爺案前，將三炷香點燃後，走到外面拜天公，拜完後不插香再度進入大殿，分別向城煌爺及月老祭拜，口中可默念「城隍來做主，月老來幫忙」，並介紹自己叫什麼名字、住在哪裡、出生年月日，如果目前沒有交往對象，就說明希望交往的條件與特徵，或是名字，如果已經有交往對象則可以向城隍爺和月老幫忙感情順利有結果。大殿拜完後進入右方偏殿，向眾神重複剛剛的祈求，最後將手中的三炷香一併插於

廣場的天公爐，再把紅絲線以順時鐘方向過爐後連同鉛錢收在隨身的皮夾中。等待城隍爺和眾神享用供品時可以到一旁取一杯結緣茶，吃糖果，離開前記得將金紙交給廟方集中後一起焚燒。

為了能夠詳實記錄這些步驟，我沒有加入拜月老的行列，同行的朋友五六個，有男有女，大家在聽完廟方的說明後，還一度慌張的不知道該先做哪個步驟，還有朋友偷偷問，這麼多人拿著香口中念念有詞的，城隍爺和月老公記得誰開什麼條件？誰屬意哪個人？話還沒收嘴馬上被一旁的人賞了白眼，趕緊乖乖向神明報告。拜月老求姻緣最重要的還是誠心，廟方提醒大家，如果姻緣有成要記得來還願，看案前除了大家的供品外，還有好幾落各式各樣的喜餅禮盒，就是最好的證明了。當然求神明幫忙，自己也要積極些，遇到喜歡的單身對象，要誠懇的表達心意。話說回來，城隍廟前求取姻緣的密度這麼高，多來走走拜拜，說不定也會遇到屬於自己的良緣。

拜完月老，想吃點東西可往附近走走，許多老店攤位，各種口味可以選擇。永樂市場大樓周邊，有一攤賣煎餅和麥芽糖，還有賣番茄切盤和果汁的，如果想吃多一點，可以往附近的茂豐古早味杏仁露豆花店移動，歇息一會。店內有簡單的豆花和配料，店前的攤車看來頗具歷史，攤車的輪胎其實也已經洩氣彷彿想就此生根，攤車上有杏仁露，紅豆露、綠豆露，已經先盛裝在有誠意的瓷碗層疊放置，底下是大塊的冰塊用以冰鎮保持低溫，等客人點餐的時候，老闆娘取出杏仁露加上一勺剉冰、糖水，也可以加點煉乳增添滋味和甜度，雖然是杏仁露，但其實嚐起來已經沒有杏仁的味道，紅豆露和綠豆露的底是石花凍，再加上紅豆或綠豆的配料，這樣一碗真是消暑良品，如果老闆店裡也賣「涼圓」，應該會吸引更多來拜月老求良緣的男女吧！

在永樂布市の旁邊有家杏仁露、
紅豆湯の店，每回去買布或帶
朋友去給月老爺爺請安の時候，
就會去吃上一碗。不知不覺，
到了現在，居然也變成假日
人潮排隊老店了⋯。

2008
0323
catrain

綠 杏 紅
豆 仁 豆
露 露 湯
35

冰

加牛奶
5元

心肝頭按定定。

行天宮※收驚！

收驚排隊處 台北本宮
收驚時間
平常日 早上11:20～晚上9:30
禮拜日 早上12:20～晚上9:30

　　小時候家裡三個小孩如果半夜傳來猛哭聲，或容易睡不好的，通常是我，要不就是從外頭帶幾個新傷口回家，家裡的大人或是街坊鄰居就會說，「帶細漢的去收驚一下吧！」

　　印象中全家一起到廟裡拜拜，我總是第一個被叫去收驚處排隊，長輩交代要記得跟穿青藍色道衣袍子的收驚婆或收驚公，也就是廟裡服務的效勞生志工長者，報上自己的名字。只見他們雙手拈香打手印在我頭上、肩上、背部交錯來回，又往前揮向我的正面，口中念念有詞，「拜請觀音佛祖、媽祖來收驚。東無驚、西無驚。某某某無驚無膽嚇，心肝頭按定定。收起起收離離，王神惡煞出去跑千里。」這段收驚文在他們一邊擺弄手勢一邊揮著香，搭配著閩南語唸誦，不用五分鐘就完成收驚的儀式。

　　收驚，也許有人覺得不夠科學，但是單純來想，就類似跟自己的守護神打聲招呼或是請求庇佑一樣。

　　小時候常收驚，都是爸爸開車載我們到廟裡，下車後要走上一小段斜坡，從廟側邊門進去，先跟著大人屁股後面到每個神明前打招呼拜

完一圈，就去找收驚婆報到。去了許多次我也不記得到底是哪些廟提供收驚服務，只記得每次要出門拜拜時，爸媽就會用台語說，「走，去文主公。」天曉得，他們講得是哪裡？但因為去拜拜可以吃到糯米糕，我都會乖乖跟去。長大後才知道我以為的文主公，其實是恩主公，也就是關聖帝君廟。

　　從小頻繁的收驚，能順利長大，大概要跟關老爺道聲謝謝。也很長一段時間沒再到廟裡去，直到三年前出了一場小車禍，躺救護車送醫到醫院，在父母家人細心照料下持續復健也很快就康復，但搬到淡水住等開學的那幾天，不知道是因為新環境還沒適應，還是怎麼了，好幾天躺到天亮都睡不好，爸爸在電話裡聽我說了以後接口，「那不然去行天宮收驚！」我倒是很訝異已學佛多年的他會提議帶我去收驚，但無計可施的我也只好接受建議。

　　原先我還以為是要到台北的行天宮，還覺得這樣讓父親載著我跑那麼遠不好意思，沒想到車子離開淡水後開往一個小山坡，眼前的景物才感覺熟悉，這不就是以前小時候常來的廟嗎？這才聯想到，爸媽年輕時在淡水工作一段時間，到北投行天宮的確不算太遠。

　　北投行天宮在忠義捷運站附近的山上，停車場會有幾攤賣水果、賣香、賣餅乾飲料的，但買金紙的就很少見了，因為行天宮提倡環保，很早就實施不燒金紙。廟外邊廣場會有一些阿姨、阿嬤拉菜籃車配著香在賣，甜甜的糯米糕上面會擺一顆帶殼的龍眼，拜拜時將供品水果和糯米糕放置案上，離開前要先將龍眼剝殼吃掉，表示去災出運。年紀稍長，再來接觸傳統文化或宗教活動，常會發現這一類充滿寓意的禮儀，覺得十分有意思。

　　拜過關聖帝君，也請廟裡的效勞生幫我收驚後，不知道是不是心理作用，心情穩定多也能一覺到天亮了。

和台灣一起牽手散步

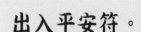

出入平安符。

　　出國前收行李，要把家裡的各種叮嚀收進去，或者是朋友請託要代買的舶來品清單，到國外需要使用到的各種票券、或是國際電話卡等等。

　　去日本航程只要三個小時，也是文化較相近的國度，從不覺得需要另外準備什麼，但去德國旅行時，同行的朋友提議行前先去廟裡拜拜求平安符，邀我一同前往。

　　這是我第一次為了遠行而到廟裡拜拜祈福，也是第一次到艋舺龍山寺拜拜。七月初，豔陽高照，搭捷運到龍山寺站，很快就找到了。想到以前古裝劇，小姐要到廟裡上香，旁邊都要有奴僕幫忙拎著一籃水果服侍，廟裡頭都會很清幽，只剩小姐一個人在內拈香膜拜。現實中大家拜拜不都往香火鼎盛的地方去，艋舺龍山寺當然是人山人海。

　　艋舺龍山寺是萬華地區非常著名的廟宇，也是許多觀光客到台北來遊玩時會走訪的地點，主要的原因應該是龍山寺周邊的街道環境，仍得以窺見早期台灣民居生活的樣貌。廟旁有市場，捷運站後頭通往寺廟的地方也有個公園，許多人午後會在此休憩聊天下棋，與廟裡香爐的白煙裊裊景象相應，總覺得這裡是個需要先睡個午覺再過來的地方，免得被一切緩慢的生活給影響，一坐在公園椅子上就會想先做個白日夢。

和朋友碰了面，進到廟裡各點了七炷香，從觀音爐開始，往天公爐、媽祖爐、水仙尊王爐到註生娘娘爐、文昌爐，最後在關聖爐結束。跟每個神明好好的說明我們要飛去德國，從哪裡玩到哪裡，希望他們法力無邊多多照應我們，不過拜到註生娘娘和文昌帝君的時候，我們都小愣了一下，最後，我們這樣理解，也許文昌帝君會講德文，這樣溝通無礙也不錯；註生娘娘可以保佑我們一路得人疼，有貴人相助。

　　離開前，去服務台買了出入平安符，看起來相當別緻，現在的平安符已經不是像以前一張黃色符咒折成一個八卦穿了紅絲線這麼簡單，各種平安符以錦織包覆，外頭結了中國結還用塑膠套保護，已經達到日本各寺廟裡供售的御守的精緻水準了。我多帶了一個，要送給即將去日本短期留學一個月的好友，希望她的旅程也能順利平安，一路有眾神眷護。

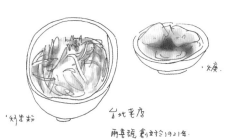

2007
0703 catrain

·鈄生粉

台北毛店

兩喜號 創設於1921年.

·火庚

logo 魷魚

在台北的舊時艋舺
地區，有許多能大聲
喊出創業年代的店，
兩喜號的燿額重桌在主
料，瓷碗上桌後、湯
內無其他菜料，只是
碗稠湯自濁色透出
醬油和醋、责屑…。

地圖：台北市萬華區廣州街245号.
2308-7332

艋舺龍山寺 02-23025162
台北市廣州街211號
http://www.lungshan.org.tw

和台灣一起牽手散步

台東，三小時停著。

　　台東古稱都蘭，我從來沒有好好走過的地方，曾經有過一次短暫停留三小時的經驗，讓我對都蘭的印象大大加分，那是一個春節假期，我們全家聚集在花蓮幾日，接著我預定要往高雄去訪友，本想在台東停留一日四處走晃，嚐些小吃，但因訂不到過夜的地方，也不敢輕意嘗試一個人夜宿車站，只好退而求其次，改以台東站換車的方式，排出約三個小時左右的轉車時間空檔，打算捕捉對都蘭的快速印象，也許有人以為這樣短的時間遊覽對都蘭實在是種褻瀆，但是選擇對的方式旅行，有時候比時間長短更重要。

　　那天的火車票已經不知道收哪裡去了，但畫在筆記本上的偽車票，在出台東站的時候拿了證明章蓋在上頭，8：13花蓮出發，11：05抵達台東，坐在火車上的時候看著窗外的綠色深深淺淺、遠遠近近，有時候是樹，各種樹，有時候是同車廂高的草，我叫不出名字的，遠一點是山，應該就是中央山脈，像台灣的脊椎，雲霧靄像厚薄不一的簾幕，或遮住或掀開，怎麼也看不厭。

　　離開花蓮時還下著雨，冬天的雨會帶來一整片的濃霧蓋住山頭，但火車才走沒半小時，陽光已經照著農田，油亮閃黃溢著豐收的預兆。我也是第一次搭火車從花蓮往南，這才感覺到花蓮區域真的很狹長，經過瑞穗站的時候，看月台上的站牌我才曉得，瑞穗的舊名叫做「水尾」，果然旅行可以長知識。

　　出發前，朋友就跟我說，台東車站外非常的空曠，離市區也有一段距離，問我真的要在台東停三小時？我想三小時也不長，如果無聊還可以看點書，應該無妨。剪票出站後，果然方圓一公里內沒看到什麼大的建築。往右邊走，幸運的看到客運站，有固定班車到台東市區，不幸的是五分鐘前剛離開，下一班還要等55分鐘。

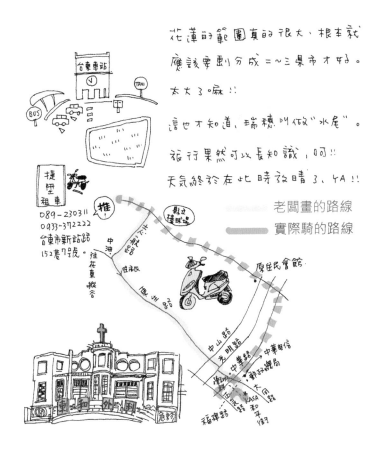

花蓮的範圍真的很大，根本就應該要劃分成二～三個市才好。

太大了嘛!!

這也才知道，瑞穗叫做"水尾"。

旅行果然可以長知識，啊!!

天氣終於在此時放晴了，ㄚA!!

老闆畫的路線
實際騎的路線

台東車站

TAXI

BUS

捷陞租車
089-230311
0933-372222
台東市新站路
152巷7號

推

往花東縱谷

原住民會館

仁和外科

　　還好火車站附近，尤其是公眾運輸不普及的鄉鎮都有可以租車的地方，車站前捷陞車行的老闆娘聽我只打算租三小時，推薦我50cc比較划算，押了證件後向車行要了張影印的地圖，對照我之前上網找的一些景點和店家，決定選一個地方悠閒的吃午餐，就是KASA。老闆娘好心的幫我在地圖上畫出路線，我「偽裝」成當地人，心情輕快的上路。但我出發後還是走了一大段荒涼的馬亨亨大道（Aa-Heng-Heng-Avene）後發現一些地標建築物和地圖上的方位不同，才察覺自己早已騎出地圖之外了。

走回正途，行經地圖上的中山路，街道上許多商家，人車也多，等綠燈時瞥見路口轉角有一棟外觀十分古典的白色建築物，這棟建築，是台東市中華路往台東舊站方向，除了不太協調的連鎖咖啡的招牌外，另一個顯眼的地標物——東和外科。初見，只當是間私人診所，回台北後查了資料才發現，因地處市區人潮往返之處，前身是台東第一家戲院，由賴阿傳家族經營的「泰和戲院」，民國五十三年易主改為「和平戲院」，民國七十七年戲院營運虧損導致關門荒廢了兩三年的時間，才由東和外科醫院承租改建，變成現在的診所經營。

這樣的形制矗立在台東市區最熱鬧的地區，雖不比新建大樓高聳，但因為全白色調加上保有舊時風味，讓我不免在騎車經過她時多看了兩眼。已經騎到對街的我，還是忍不住靠邊停下車，好好端詳拍照，拿出本子畫了大概的樣貌。

從這裡到KASA並不遠，我到的時候，店好像才剛開門，我決定先到附近走走悠閒一下。和平街、中華路這一帶小巷子裡藏了許多網站推薦的台東美味，在慶安街與文化街口也看到大排長龍的榕樹下米苔目，招牌雖然很小，但大排長龍的人潮就是最佳的口碑。繞進小路看到了賣美國油條的小店鋪，旁邊是正東山冰店，這時候有點恨自己只留三個小時給台東，光要吃這個逛那個都不夠時間，只好拍下照片期待有機會來台東玩時再試試。經過郵局時順手把在車上寫的幾張明信片丟進郵筒，等我回到台北時就能收到，再次回味旅程的點滴。

　　走回和平街，看著這棟日式的平房，寫了菜單的活動招牌已經立在門口，走上階梯，店內放著讓人放鬆的音樂，第一眼我就喜歡上這家店，也許因為這老屋平房是日式的，但是店內的陳設走美式風格，我直接坐在吧台，前方區域是露天座位，桌子全是由各種廠牌的廢棄裁縫車鐵架改造，讓我也好想搬一張走。店內有個老外，還有兩個年輕美麗的女孩子忙著準備開店，本想吃個輕食三明治當午餐，但焙果還在等著下鍋煮熟，我點了一個超濃的手工起司蛋糕配熱熱的肉桂蘋果汁。我隨意捕捉店內風景，吧台後有一個置物架擺了一張鏡子，上

面寫了特餐的菜單，沒寫字的地方可以看到我身後老屋的時間痕跡，以及從屋旁垂下的老樹綠葉。外國朋友看我在畫圖，好奇問我從哪裡來？我說我是台北人，等下要到高雄去找朋友，他是David，也就是KASA的老闆，David看我在畫圖馬上拿出店裡的素描本要我也畫點什麼，緊張之下居然畫了我最不擅長的人像──正在廚房烹調海鮮飯的Eve身影。

把素描本交給David後，我也拿出我自製的旅行明信片給他挑選喜歡的一張，David挑了「問候海洋」，他拿著明信片告訴我，畫中的風景很像他曾經去過的海邊，和他記憶中的場景很像。我跟他解釋我畫這張圖的心情，也祝福他有機會能夠再回去那個海邊，問候海洋。

看著他，我不禁想，如果是我到了一個陌生的國家，我會像他一樣在異鄉交到好朋友，定居、工作，甚至開了一家店嗎？我不太能想像，但我從他身上可以感受到在台東的自在與生活感；可以想見如果是我喜歡上一個陌生的城市，我也會想辦法讓自己在那裡定居生存下來，這是我從David身上間接的認識台東這塊土地的魅力。

我在KASA，也寫了張明信片告訴正在遠方的朋友，我在台東看見了一棟讓我感興趣的白色診所、幾家來不及吃到的風味小吃、還走進一家有點意思的地方，其中也寫了一張給自己，希望有一朝可以專程旅行台東，生活台東人的自在！

離開時，David用有些不標準的中文對我說「有空常來」，我微笑對他說，再會。

捷蹬租車 089-230311
台東市新站路152巷7號（出台東新
站後右前方）

東和外科 089-311011
台東市大同路150號

榕樹下米苔目 089-339759
台東市慶安街與文化街口
營業時間：AM7:30-PM14:00

正東山冰店 089-338-035
台東市福建路173號
營業時間：AM10:30-PM22:30

KASA 卡薩 0921-548769
http://www.wretch.cc/blog/KASATAITUNG
台東市和平街102號
營業時間：AM11:00-PM24:00

和台灣一起牽手散步

春節限定：
太魯閣遊園巴士送我去散步。

過年前翻找家中的老照片時，看到一張相片。那是某次過年時候，全家開車到花蓮的家族旅行，經過中西橫貫公路口的牌樓時，被老爸老媽趕下車拍下的紀念照，年代已不可考，但是照片中的我，看個頭可能才剛上小學而已，後排的大姊應該五年級或六年級，爸那時候還頂著那年代十分流行的電棒捲捲頭，相片外拿著相機幫我們拍照的是媽。

那次旅行到底只是路過太魯閣還是深入太魯閣，我也不清楚，只能從相片中看到還是孩子的我們也許並不明白為何要跟這座像廟一樣的牌樓一起拍照。這是一張照片，但也許，它不只是一張照片。

大年初二的花蓮，一早就幸運遇見暖暖的陽光召喚著我們出門。爸開車送我們到花蓮新城車站去，等待春節時才發車的太魯閣免費巴士，這一天的旅行花蓮要到太魯閣國家公園去散散步。

免費的遊園巴士從新城車站出發，新城車站也掛上太魯閣的牌子，這裡是離太魯閣最近的火車站。過年期間，太魯閣國家公園為了避免車潮湧入，會進行園區的車輛管制，如果不想天未亮就開車趕路，選擇搭乘免費遊園巴士是一個好選擇。巴士路線可以選擇到天祥或是布洛灣這些較長程的路線。

巴士每個定點停靠讓遊客自由上下車，出了砂卡礑隧道口，就看到步道入口，如果只有半天時光，砂卡礑步道是個不錯的選擇，可以看見原住民聚落和美麗的溪谷。

在步道口往下走一段階梯後進入步道區，這段步道有另一個名字叫做「神祕谷步道」，1940年日本人殖民時期，為了開發立霧溪的水力發電而在此興建立霧電廠，從砂卡礑溪沿岸的岩壁上開鑿出步道。太魯閣國家公園成立後，將此步道修建維護，加強安全設施並提供解說。

砂卡礑這個字是太魯閣族語的「sgadan」，意思是「臼齒」。

步道以小散步開始，可以悠閒的走著，越往裡邊走，上方橋樑的車輛聲也漸漸稀薄。以沒有目的地的心情散步走了十多分鐘就能聽見腳下一片清澈翠綠的溪谷深潭迴盪，這顏色看了會讓人愉快，湖水的藍綠色以及岩壁的層疊褶皺就在眼前。這條步道從入口處到三間屋全長約4.5公里，雖為山林保護區，但在國家公園設立前，已有太魯閣族居住在此並開墾耕種山菜，所以走在步道上，仍會與騎著機車運載農產或機具的原住民迎面相遇，有的原住民溫溫的，遠遠讓你聽到摩托車運轉聲傳來，等摩托車接近時，我們自動貼近山壁讓出空間；有的會

讓你先聽到叭一叭一叭的刺耳聲後，等了好一會兒才望見連人帶車緩
緩移動過來，貼近時還不忘喊著：「讓──讓、讓～」離開了都市，對

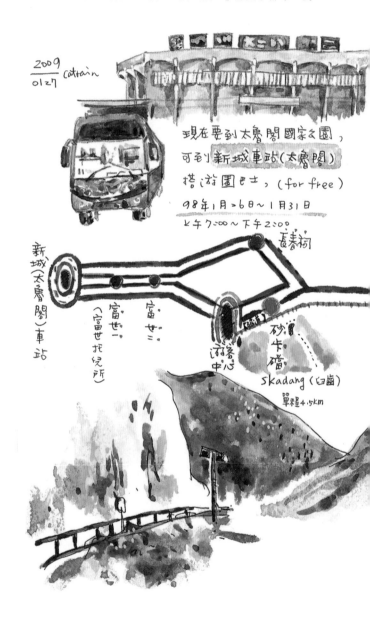

2009
——
0127 cattain

現在要到太魯閣國家公園，
可到新城車站(太魯閣)
搭遊園巴士，(for free)
98年1月26日～1月31日
上午7:00～下午2:00

長春祠

新城(太魯閣)車站

富世一
(富世村公所)

富世三

遊客中心

砂卡礑

Skadang (白髮)
單程4.5km

交通規則也不用太拘束，「人車共步道」，其實也沒什麼大不了的。

春節乘遊園巴士，帶我們貼近一座安靜又悠閒的太魯閣國家公園。

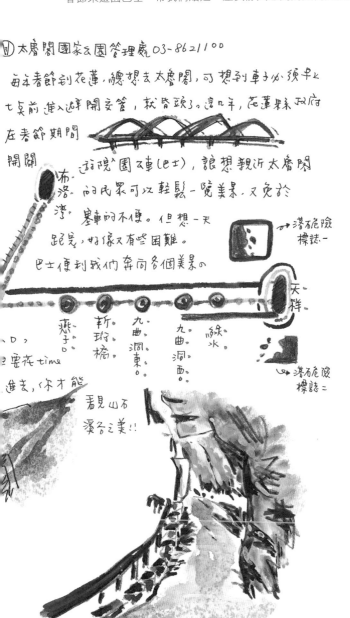

回太魯閣國家公園管理處 03-8621100

每年春節到花蓮，總想去太魯閣，可想到車子必須早上七點前進入避開交管，就皺眉了。這兩年，花蓮縣政府在春節期間

開闢遊院^園車(巴士)，讓想親近太魯閣的民眾可以輕鬆一覽美景，又免於塞車的不便。但想一天跑完，好像又有些困難。

巴士便到我們奔向各個美景。

布洛灣

→ 潛碎危險 標誌一

天祥

~ 潛碎危險 標誌二

燕子口　斯珊瑚　九曲洞東　九曲洞西　綠水

D，
  要花 time
進去，你才能

看見山石溪谷之美!!

從市區延伸到山頭的
花蓮海岸線。

　　到花蓮，我有外地人玩法與本地人玩法。所謂的外地人玩花蓮就是從網路上部落客推薦或「慢城・花蓮」介紹的店家為據點，借台單車或是從花蓮車站附近租一輛機車，要張地圖就可以成行；本地人玩法即是找個花蓮當地人當導遊地陪開車往山裡或是海邊去，花蓮有山有海，山上有部落、步道與天然景觀，海邊可往七星潭或是東海岸線沿岸觀賞海天一色。

　　花蓮在這幾年被塑造成樂活慢城的形象，
有越來越多人回家鄉創業或是受到花蓮生活
步調吸引而從西部遷移到人稱後山的花蓮定居。在我剛開始工作，生
活稍微穩定後，爸在美崙山附近的山下社區託人介紹找了間舊屋，花
了近半年的時間，自己整理打掉一樓的隔間，找裝潢的原料，從台北
找木工師傅到花蓮，省下了許多開銷。完工後，花蓮成了我們過年期

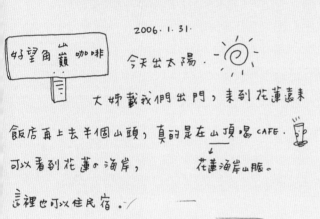

2006. 1. 31.

好望角山巔 咖啡

今天出太陽.

　　大姊載我們出門，來到花蓮遠來
飯店再上去半個山頭，真的是在山頂喝 CAFE.
可以看到花蓮の海岸，　　　花蓮海岸山脈。
這裡也可以住民宿.

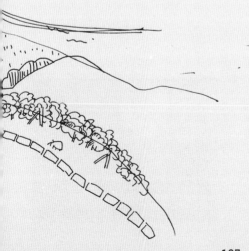

間的棲居之所，爸媽也不時招待朋友入住，大家都對爸的手藝和規畫讚不絕口，我想，這是他移居花蓮夢想的第一步。

但在這樣和花蓮發生了一點關聯之前，我把花蓮看成是一個適合養老退休的地方。但在往後過年短暫停留的那幾天，我才開始學著用另外一種角度去看這有著奇妙黏人魔力的地方。

一開始我採用外地人玩法，還記得我拿著陳文玲老師在「找阿寶」書裡附的地圖，想按圖索驥尋找「阿之寶手創館」及「時光二手書屋」，卻帶著台北人的腦袋在看花蓮的地圖，總是在巷弄間一再迷路，出發前雖然問了住在花蓮超過十年的大姊，但她自己也沒去過，只能就地址給我概略的方向。後來我放棄閱讀地圖轉而直接問路旁賣水果的阿姨，終於順利找到。

那時的阿之寶還在咖啡館的二樓，一走進去我就被各種手創商品吸引，逛了一圈又一圈，東摸西摸地對許多創意商品愛不釋手，大概是行徑太詭異了，本來在櫃台忙的老闆娘前來招呼，介紹每一區的商品特色分類，除了一般手創店的小木作、布作、設計商品外，還有台灣原產的農產作物的推廣陳列。這些不管是醬油、茶葉或蜜餞，來自台灣各地的老招牌美味，全是老闆和老闆娘開車從花蓮出發到台灣各鄉鎮去尋找蒐羅集結在阿之寶店內。

後慢慢了解阿之寶，發現手創和美味是「阿之寶」的兩大招牌，這家開在花蓮的店，是非常愛台灣也愛顧客身心健康的店。能做真心喜歡的事情，是創業工作中最重要也最幸福的，持續堅持下去的力量。2008年中，阿之寶手創館搬遷到更為熱鬧、有花蓮名產街之稱的「中華路」，店面坐落一樓，向著各地來到花蓮旅遊的人潮，用心推薦台

There is a place ....

過年的假期，隨家人到花蓮、想了想，花蓮一定有1個

地方可以去、走、去、阿之寶。

2007／0218

閒閒花蓮港，
看山吃海心花放。
逛逛阿之寶，
動手動腳找寶藏。

970花蓮市明礼路8號2F
03-8356913

阿之寶的樓下就是璞石咖啡館，璞石內!! 就是
找阿寶最初上課的地方。阿之寶の老板娘告訴我，
阿寶就住在前面過去3ケ路口左轉。
阿寶就是畫小圖和明信片の那個。

毫香 綠茶
蜜香 紅茶
阿之寶 嘉茗茶園。

我在阿之寶又買了嚴選花蓮瑞穗の人工手摘紅茶、綠茶包。

灣的好商品與好味道。阿之寶更在2009年中，前進「台北光點」駐點展售商品，真正跨出花蓮和更多朋友見面。

誰說花蓮只能養老，有心創業，用心創業的人也能從花蓮出發，面向世界。

至於在花蓮養老，不如改成發現台灣的另一頁美麗篇章。大姊夫Stone非常喜歡自己的家鄉，有一身生態解說的好本事，平日接一些花蓮生態導遊的工作。幾次由Stone安排帶家人出發的花蓮生態旅遊，總是走深山步道或是山谷溪畔的路線，帶我們享受另一種不為人知的花蓮。來花蓮的這幾個春節，我都不用考慮要去遊樂園，光是自然路線就走不完了。

一直記得，前幾年的過年前，我騎機車在上班途中被大石塊絆倒傷了肩膀，請假修養兩個多月，原本應該是賺到假期，但卻因為身體的不自由而感到鬱悶。過年回花蓮修養一週的某日，Stone開車載我們出門，本要到鹽寮山上的茶館泡茶，但茶館沒開只好再往上頭走，沒想到居然是可以俯瞰花蓮港及半個城鎮的好望角咖啡民宿，不住宿也可以來這裡喝咖啡飲料，看看美景。從來只有在花蓮山腳下過日子的我，看見一大片海港，腳下的屋舍、大片草皮山坡，以及上山時的蜿蜒小路，看遠些還有花蓮和太平洋的海岸線，看到這樣寶島美景，就算我肩膀痛，我還是忍不住想畫圖呀！

默默打開水越筆記本和黑筆，一筆一筆慢慢畫出我眼前的一切，好想細細保留這一份美麗。戴著眼鏡的雙眼其實沒辦法看得多仔細多遙遠，但是我知道那條曲線蜿蜒輕描指向東海岸線，再一條相同弧度的是海浪打上岸邊的潮間帶；我腳邊的界線標示高度落差，像骨牌陣列一樣的小方塊們是方便遊客在山坡草皮上行走移動的大理石步道；山腰處有我只能看見屋頂顏色的聚落；像蚯蚓行走時扭動的身形是上山的路；在兩點之間拉開的幾條線和長柱是電線桿……

慢城‧花蓮
http://www.wretch.cc/blog/cittaslow970

阿之寶手創館 03-8356913
花蓮市中華路56號
（旁邊有華大皮鞋、威寶電信）
http://blog.sina.com.tw/thetiger3
idea@a-zhi-bao.tw
2006年9月開幕
營業時間：週一AM10:30-PM17:30
週二至週日AM10:30-PM21:30

好望角民宿
山海夜景咖啡民宿 03-8671007
http://www.shan-ling.com.tw/index.html
花蓮縣壽豐鄉鹽寮村山嶺9之6號
營業時間：AM9:00-PM22:00

從市區到山頭，從街道到野外，畫圖幫助我苦悶的心情、身體的酸痛都忘卻腦後，整個人也從不自由中扭動後脫身。

和台灣一起牽手散步

在宜蘭漫步。

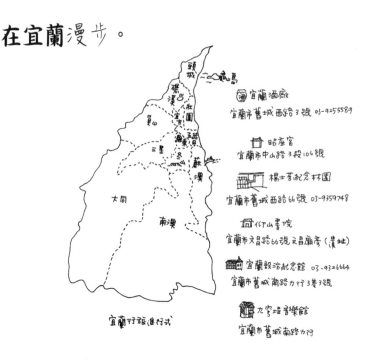

宜蘭行旅進行式

宜蘭酒廠
宜蘭市舊城西路3號 03-9255589

昭應宮
宜蘭市中山路3段106號

楊士芳紀念林園
宜蘭市舊城西路66號 03-9359748

仰山書院
宜蘭市文昌路66號文昌廟旁(舊地)

宜蘭設治紀念館 03-9326664
宜蘭市舊城南路力行3巷3號

九穹埕音樂館
宜蘭市舊城南路力行

　　世間所有的美麗都是為了相遇，走過一回放在心頭上，一旦日後感覺發酵濃烈，越牽掛這個城鎮，重返舊地的可能性就更高。人生總是一種所有的一切都無法再回到原點的設定：十七歲的青春回不去，改變的風景無法再見，歷史也是。每一次出發前都在心裡經過各種演練後，從眾多奢望中找到可行的規畫，導回正軌，才得以走上旅程。

　　休假時去過宜蘭幾次，有時候是一個人出發由當地的朋友騎車或開車帶我走他熟悉的宜蘭路線；有時候是我和男友開著車到宜蘭逛古蹟，吃著我們想念的宜蘭古早味，闖進羅東夜市人擠人，或在朋友開的民宿和咖啡館瞎混時間感受度假；後來演化成我們帶著其他朋友到宜蘭玩的偽導遊身分，讓大家跟著貓走一趟宜蘭小旅行。

　　對宜蘭存有幾個小鎮的零碎印象：去過員山的同學家、住過宜蘭車站附近的救國團宿舍、還參加過讀蘭陽女中朋友的畢業典禮；除掉這

些記憶，我對宜蘭的印象盡是些小吃，上網把宜蘭地圖找出來，搞清楚東南西北，畫在隨身的水越筆記本裡，不過貼在網路上分享時，有朋友留言說我少畫了羅東，這真是不可原諒，羅東夜市有這麼多好吃的宜蘭在地美味，這次重新整理，宜蘭十二的鄉鎮市一個也不漏。

　　從德國的旅行回來後沒多久，我一個人出發前往宜蘭的旅行，當然不同於高中或大學時候參加活動或是拜訪同學的心情，我買了往宜蘭的車票，在網路上找了讓我嚮往的民宿——布克旅人，我沒有準備mook雜誌或是旅遊指南，只想有個在宜蘭散步的假期。

　　出發時帶上幾張自製的明信片和郵票，打算在路上寫點什麼寄給自己或朋友，旅行總會讓我遇見不同的自己，反應在文字上或是心情都是明顯可見的。

　　從樹林上車，是搭火車走花東路線的起點，卻意外發現每次搭車前常去逛的一家書店已經歇業了，門口掛出「租」的牌子。那次旅行想看看宜蘭的書店或二手書店，卻在踏上旅程前發現自己熟悉的書店已經退場。

　　搭火車抵達宜蘭時，已經是晚餐時間，但才出站，天空純淨的藍讓我想起來，應該是這種遼闊感佔領我的心，所以我才會一再的造訪這和我沒有直接淵源的鄉鎮。朋友豆子在宜蘭念書待了許多年，在這裡生活、工作，我想跟著一個在宜蘭生活的人移動認識這個地方，但豆子還是好意幫我排了幾個觀光景點：宜蘭酒廠、昭應宮、楊世芳紀念林園、仰山書院、宜蘭設治紀念館、宜蘭社福館、南澳漁港、白米木屐村、豆腐岬海岸、國立傳統藝術中心……

　　那次宜蘭行，是朋友為我量身打造，至今我還不清楚當時他介紹選入這些景點的原因，但是好幾個地方都很有意思，譬如楊世芳紀念林園，楊世芳是蘭陽地區的第一位進士，對當時蘭陽的文化教育推展有很大的貢獻，紀念館由黃聲遠建築師負責設計，曾經看過關於這位建築師以及宜蘭厝的報導，後來看了黃聲遠與田中央建築工作群的展覽與影片，才進一步了解他手中設計的建築興味。宜蘭社福館也是他的作品，當時去看社福館的建築時，對於建築本體和自然的融合感到印象深刻，加上能確實考量到社福館的服務對象，許多的設計細節對行動不便者或小孩、婦女非常友善，建築側邊有一座天橋可以直接跨過河堤到達河濱草皮，將遊憩空間自然延伸出去。我想那是需要對土地有相當的認同感，才能設計出讓使用者與自然共存的建築。

　　在往蘇澳白米社區參觀木屐村的路上，經過一座橋，橋下的溪水在河床石礫上前行，很像我喜歡的宇治大川。到白米木屐展館，可以看到地方產業結合的成果，這個地方早年自然資源豐富，發展了建築業和石化業，因白米饒森林盛產江某樹，可提供製作木屐的樹材，這裡變成為台灣木屐重要供應地，這也是木屐村名字的由來。七十年代以後台灣經濟快速起飛，民生富庶生活習慣的轉變，也導致許多傳統產業面臨沒落，現在社區民眾運用巧思讓木屐和生活藝術結合，形成了木屐村重新出發。

　　走到南澳漁港時，朋友特意帶我去看南天宮，從廟裡三樓俯瞰前方的漁港，下午時間漁船都已停回港口整齊的排列，廟前有幾家小攤商，往前走入小巷，是住家區，那個午後居民好像都在小憩片刻，路上也沒什麼人走動，回看南天宮的金身媽祖受漁民們深厚的信仰寄託，照出耀眼的金色，但我知道眼前規律的生活，往前跨入便是他們與海的搏鬥謀生之處。

　　南方澳漁港的東側還有一處天然景觀，豆腐岬。據聞這裡在日治時期曾經是個海水浴場，設有兩塊水泥平台，貌似豆腐，當地人稱此為「豆腐角」。光復後，政府想在此建造另一個港口以紓解漁船進出港，但因為水泥塊在漲潮時隱沒於海水中，船隻容易觸礁，加上這處海岸的地形為弧形，凹槽處面向海洋，颱風來時風浪打進港裡，造成漁船的翻覆，因此將此處作為漁港的規畫也就取消了。台灣雖然是

個海島，但是卻欠缺合適的海洋遊憩地區，這裡卻因為天然地形既不適合作為漁港，也不能放置消波塊，反而供給民眾休憩接觸海洋的機會，也提供我畫圖的題材。

　　第一次住宜蘭的民宿，我在尋找的時候，心裡總有個輪廓，卻不知道這靈感是哪時候深植的。後來搜尋到「布克旅人」，終於找到我想要住的民宿。布克旅人的主人季子也是個喜歡旅行和閱讀寫作的年輕人，年紀稍長我一些，為了吸引和民宿頻率相同的旅人入住，只要帶著書或是CD來入住送給布克旅人，就可以享有住宿的折扣。我想我應該是曾經看過這個活動而留有印象，出發前跟季子聯繫訂房，他問我想要「小步舞曲」還是「花的姿態」，他用歌曲為每個房間取了名字，季子還囑咐，「如果來的時候找不到路一定要打電話來問，還有，我們是在社區裡的民宿。」

布克旅人.

住的這個房間，如我所願．
有一面大扇窗，看見一整片稻田．

　社區裡的民宿，不就像個家嗎？從警衛室那裡領到了大門鑰匙，一進門，看到客廳兼飯廳，這就是我渡假時想要住的民宿！一樓有滿牆的書，有一面放著各種CD，不是流行音樂款，但幾乎是我喜歡的類型，大桌子上有各種雜誌，我看到我也很喜歡的《蘑菇手帖》，若不是踩著木頭地板，否則我還真想開心的跳起來大叫。我的房間在角落，窗外就是水田，室內的隔間用簡單的清水混凝土，只釘上懸掛衣物的木頭吊架，屋內的陳設或寢具大多來自IKEA。

　稍晚季子也回來了，我們在地下室泡茶聊天，聽他談布克旅人的誕生過程：這社區裡的房子是季子寫了企畫書說服屋主投資裝潢和設備，開了我眼中的這間夢幻民宿。那次和季子聊得很愉快，也和布克旅人一見如故，於是這裡便成為我每訪宜蘭必宿之處。隔年的春天，季子告訴我下次來宜蘭可以到「小河文明」坐坐，原來他把冬山河畔原本賣小火鍋的古厝餐廳頂下來重新整理成咖啡館。他是我認識的朋友中，一步一步規畫夢想並且努力實踐的人，但他最鍾情的還是寫

作，他還是希望能夠用筆來遨遊旅行，將文字化作下次再出發的實質助力。後來再去布克旅人住宿時，季子告訴我，他現在有一個管家幫忙管理民宿，讓他可以到處去採訪寫作編書，開玩笑的跟我説，他有些厭倦每天要幫客人鋪床、整理房子的事情，也想找找台北有沒有適合的地方可以開店，讓大家來店裡閱讀度時光。再收到消息的時候，他已經在金瓜石找到一間房子，準備要改造成布克旅人的金瓜石民宿，他對我苦笑説，生活還是要顧，總是要有些收入，才能夠支撐夢想。當大家都想開店開民宿當老闆的時候，他早就在自己的道路上，並且計畫下一步的方向了。

在宜蘭臨時決定要多停留一晚，但季子的房間已經客滿，於是朋友建議我投宿救國團的學苑。如果真的想一個人上路到宜蘭，只有一點點錢，可以考慮住宜蘭救國團的學苑宿舍，相當便宜，印象中一個人一晚不到五百元，還附早餐。

在櫃台領了鑰匙，上樓梯找到房門打開後，驚呼這室內陳設與色調完全就和我大學住的學校宿舍一模一樣，這是一個可以讓人輕易就墮入懷舊的夜晚。隔天一早，朋友過來接我出門吃早餐，在學苑不遠處，有家傳統的早餐豆漿店，一旁還看到剛磨好的豆汁要端上快速爐上熬煮，附近就能聞到新鮮的豆漿味。

吃過早餐後，朋友開車送我去車站，特意走康樂街，説也許我會想看看這座已經廢棄的「宜蘭戲院」，他在狹小的道路旁暫停讓我下車拍照。那時候的我，正要結束在宜蘭的兩天旅行，根本不知道，這已經廢棄的戲院裡有什麼故事。

一開始我並不敢走進門半掩的裡頭，只在外面就殘存的主建築拍些角度。拍了大門和售票口後，裡頭有人走出來察看，他戴著工地的帽子打量我，問我從哪裡來？為何要拍照？我表示只是剛好路過，看到這家舊戲院所以拍些照片。對方好像從我的回答確認我是友善的，便主動開口問我要不要看看裡頭？我雖然顧慮朋友還在外頭等，但覺

得機會十分難得，就跟著他走進去。

戴著工地帽的先生領我走上已經沒有扶手的水泥樓梯，到了二樓，那裡視野十分開闊，我想是因為上方原本的天花板和屋頂都已經毀壞殆盡，但是還保有四面邊界牆，從二樓可以清楚見到內部格局十分方正，上樓梯沿著建築的邊陲還可以行走無虞，先生指著側邊比劃廁所的位置，當然現在什麼也沒有了。我們走到最靠近街道的位置，正是戲院入口處上方外圍的平台，從沒有圍籬矮牆的高度看下去，即便是二樓也實在讓人腿軟。他指了原本女兒牆的位置說，以前電影上映的廣告幕是懸掛在這裡的，前面這一塊是以前的放映室。

我回頭順著方向看向戲院內部，戲院的前方有個舞台，想想便可以理解其空間配置，我們這一輩認知的戲院，只是放電影的地方，但更早以前戲院也是演出歌仔戲的地方，尤其台灣歌仔戲發展的區域就屬宜蘭最早。

我忍不住問：這裡，是預備要修復重新使用嗎？那位先生說，他們是幾個人去攬了整理戲院的工程，當然希望有一天，宜蘭戲院可以重開大門。走下樓梯，才發現另一側的樓梯堆滿許多厚實的木頭，已經顯得老舊，但長度齊一，切面上頭用紅漆標示了一些記號，表面上還有黃漆寫上的數字，他向我解釋，這是原本戲院上頭的樑，所以完整保留下來，也許日後能用上。正在談話的同時，有另一位女士走進來，先生向我介紹，她是從宜蘭的一所國中退休的美術老師。換她領著我走到門外看從主體建築撤除下來的一些元

件，樑、木片、看板，還有保留
尚稱完整的大門。

　　那個下午，在一座廢墟裡頭
巧遇兩位宜蘭人，很想再多聊些
什麼，更認識這個空間的過往，
但趕車的時間近了，原本在車上
等我的朋友也因為擔心而跑來
找我。只好向兩位道別，也祝福
他們能夠完成此處的修復整理工
作。我才走出這座廢棄的宜蘭戲
院，我便想著，一定有什麼原因
讓我一個外地人注意到這裡，一
直以來我對於舊建築存著一種特
別濃厚的興趣，覺得這些建築就
像是祖宗的寶庫，留下許多的超
越現代的智慧與人性化的設計。

　　過了兩年後的現在，我看著當
時拍的相片，對這個地方的了解
一點也沒增進，只能從很有限的
網路資料了解宜蘭戲院是昭和時
期由幾個宜蘭街仕紳出資組成會
社建了宜蘭的第一家戲院。對於
戲院沒落的原因卻沒有一個明確
的說詞，我也只能繼續收藏這個
旅行中的謎，期待有一天能看到
它的再生。

和台灣一起牽手散步

南方澳南天宮 03-9962726
宜蘭縣蘇澳鎮南正里江夏路17號

豆腐岬風景區 03-9960763
宜蘭縣蘇澳鎮跨港路和造船路
相接的旁邊

楊世芳紀念林園 03-9359748
宜蘭市舊城西路66號
（台灣電力公司對面）
開放時間：
每週一至週六，AM9:00-PM5:00

宜蘭社福館 03-932-8822
http://swi.e-land.gov.tw/index.htm
宜蘭縣宜蘭市同慶街95號

布克旅人 0912-931331 0926-931331
http://www.wretch.cc/blog/askachi
askachi@gmail.com

【宜蘭冬山河】
宜蘭縣五結鄉孝威南路19-20號1樓
（經營至2009年8月底）

【金瓜石新館】台北縣瑞芳鎮長仁路38號
（2009年9月後只開放週末假日）

宜蘭救國團學苑 03-9353411分機25
cycilntc@ms15.hinet.net
宜蘭市中山路二段462號

宜蘭座（1933.8.24），
在戰後改稱宜蘭戲院
宜蘭市康樂街65號(靠近第一市場)

尋味**宜蘭**。

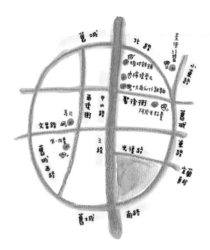

$\frac{2008}{10.10}$ catrain　宜蘭 $\frac{1}{2}+\frac{1}{2}$ 小旅行。

景德炸醬麵，宜蘭市小東路 13-5號

· 成立於民國75年。03-9365287

營業時間：早上6點~晚上8點

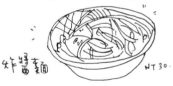

炸醬麵　　　　　　　　　NT 30.

細細的麵條非常好入口。炸醬的
味道大概是味噌加上豆瓣醬調製。
加上幾許蔥花，意外的好吃。

景德炸醬麵一早就開店，
我們抵達時大約8:30。店內也有
不少當地人在吃。這時間算是早餐，當下還需要調適一大早就
吃中式湯麵這種事!!

現包餛飩。

去了宜蘭幾次後，我也有了屬於自己的宜蘭尋味地圖。大部分都是分布在宜蘭市的舊城東西南北路圈起來的範圍裡，當我想念這些味道時，搭上火車到宜蘭車站，一個人慢慢散步也能夠吃得到。

在宜蘭念書工作多年的朋友曾說：宜蘭人對吃有自己的想法，譬如說麵攤四處都有，廟口附近、市場外邊，多得是經營兩三代的老店，但這裡的麵差不多就是乾麵下肉燥或是炸醬、麻醬，再來就是羹麵，或是加了各種料的湯麵，菜單上很少有陽春麵這種單純選項；接著又說，宜蘭的臭豆腐，即使外表炸得酥脆，但一咬下去，還是會燙嘴，裡頭完全都是水，糊軟軟的，總是燙了第一次吃宜蘭臭豆腐的人。

這段短評雖然有趣可是也有直接點出宜蘭庶民小吃的魅力。不過食物還是要自己嚐過味道，才能了解箇中滋味，至於評價美食前，當中的標準也許得先去除自己對食物的習慣烹調方式，多從食物來了解地方的文化特性，這也算是旅行中十分有趣的課題。

我也發現，宜蘭人的早餐少見西式，除了傳統早餐外，許多麵攤打早就開門，於是一次負責規畫宜蘭旅行時也入境隨俗，往小東街的景德炸醬麵去。抵達宜蘭時才早上七點半左右，跟車的朋友並不知道我們打算吃中式麵食來當早餐，不過旅行時候本來就該嘗試和平日不同的生活模式，不如試試當地人的早餐吧！大家坐到店內各自點了炸醬麵、餛飩湯和幾樣滷味小菜。炸醬麵的細白麵條非常好入口，和小羊先生討論著碗裡的炸醬，味道也許融合了味噌和豆瓣醬，端上桌時加的幾許蔥花，也產生了提味的效果。不少當地人也在店內食用，我們雖然嘴裡吃著麵條，但心裡還是得要調適一大早就吃麵的這種事！

吃完早飯，接下來循著當地人模式去逛逛市場。到台灣的各鄉鎮旅行，如果時間允許，我喜歡逛當地的傳統市場，我只需要忍受四處見血的屠宰現場，但是可以真正接觸到當地的食物與食材，那是一種生活方式的旅行呢！

　　早上沿著舊城南路走就能看到對街的巷子熱鬧無比，逛傳統市場沒有所謂的路線圖，朝著人群和熱鬧的地方去便是最好的嚮導，總是見了許多新鮮的蔬果攤，或是由叔伯姨婆自己製作的各種醃菜、蜜餞，然後小心閃躲從大水缸裡爬出來的螃蟹，躍出的鰻魚，這是宜蘭的南館市場，保留了許多傳統市場的味道與風貌，北館市場則比較多商家。南北館市場的前身是日治時期的宜蘭市場，當時有三座分別賣菜、賣魚和豬肉，在市場周邊的空地也聚集很多臨時攤位販售自己種的蔬果，後來因為光復路延伸連接到中山路，所以把市場一分為二，就有南館市場和北館市場的稱號。雖然才吃過早餐，但在市場裡看到阿公推著攤車出來賣的客家菜包，還是忍不住買來吃，拿在手上還熱呼呼的，吃起來比較像米粿，有包了高麗菜和鹹芋頭兩種口味。

　　市場繞一圈往文昌路和西後街的轉角，有一家路邊壽司攤，除了壽司還有茶碗蒸味噌湯等，但來得太晚，壽司、味噌湯都賣完了，只能外帶一碗十元的茶碗蒸，繼續沿著西後街往下走，去吃碗宜蘭第一肉羹，但我很不專業的點了肉羹麵不要肉羹，配著剛剛的茶碗蒸。店裡來客很多，總是坐滿人，點餐後耐心等一下就會有位置，可以坐下來吃。在宜蘭幾家老麵攤吃麵，店裡用的麵碗幾乎都是陶碗公，少見到美耐皿餐具，就算是夏天溫度極高，麵店也少有裝冷氣的，這裡是給人們吃味道不是吃氣氛，店家總是會有一股自信，用料實在守住古早味，客人自然會再回來。

　　到宜蘭有幾個地標或道路要記得認，一個是由

舊宜蘭署監獄改建的新月廣場，這一區環繞一圈的路線就圈出了宜蘭的舊城區範圍，因此這裡還保留很多舊的建築古蹟，例如：宜蘭設治紀念館、宜蘭酒廠、還有南北館市場；再來便是貫穿宜蘭市區的中山路，中山路兩旁的道路雖然比較狹小，卻藏了許多的小吃與老廟。

一般人講宜蘭市中山路，指的便是在舊城區的中山路三段，早期這裡發展繁榮，士農工商各行業發達，一直到現在中山路三段還有多家銀行駐行服務。

從舊城北路開始走，下午糕餅出爐時間一到，「振地餅舖」就會塞滿了人，這是一家糕餅舖，賣的是傳統的糕仔，我發現這家店都是當地人在買比較多，每個糕仔比五十元硬幣大不了多少，但是剛出爐的不管是花生口味、加入宜蘭蜜餞的李鹹口味或金桔口味，都是一層層才從蒸籠裡拿出來剛疊上活動推車，大家的手就沒有停下來過，裝了一盒又一盒。以前在廟裡拜拜，會拿到這些糕仔，通常放到最後都又乾又硬沒人想吃，我還是第一次看到新鮮的，我也買了兩盒準備帶回台北，這些糕仔裝好後用秤重計價，非常的便宜。我在回台北的車上拆了一盒來吃，馬上就後悔沒多買些，總覺得這種東西出了宜蘭就吃不到了。那次之後，我才開始注意到振地餅舖，如果來宜蘭玩，不想再帶蜜餞或是牛舌餅、鴨賞回去送人，這種傳統的點心是很好的選擇，據說振地餅舖的麻佬也是十分好吃的。

繼續往下走，這條中山路，有的房子已經改建成商用大樓，有的還保留原有舊建築的風貌。在靠近聖後街的一處平房前有一消暑的飲品攤，店名掛著「30年老店檸檬愛玉」的字樣，但事實上攤子已經賣了40年了，檸檬愛玉在台灣各鄉鎮都很常見到，但這裡還堅持自己用愛

玉籽搓洗，檸檬也是新鮮的，不是連鎖飲料店的濃縮液。另一項招牌飲品也是我一試就愛上的百香果多多，我是非常怕酸的人，但站在攤子前，看老闆舀了一大杯百香果汁，再戳破養樂多的鋁箔紙，倒入杯子裡，咕嚕咕嚕黃橙色中飄著一顆兩顆三顆百香果黑色籽，我也忍不住買了一杯。這種天然的飲品在炎熱的夏天勝過甘泉許多，百香果多多成了我每次來宜蘭一定要買的飲料，這又是一個出了宜蘭就沒有的味道。

自飲料攤再往前兩步，有另一家從下午賣到深夜的麵攤。店裡的招牌是瓜仔雞麵，朋友特意要我這個不吃肉的一定要來看看看聞香。店裡的意麵不是台南鹽水意麵或黃意麵，是炸過的寬意麵。等客人點完餐，老闆從前面麵櫃的塑膠袋拿一丸意麵下到熱水裡，順手添幾葉青菜，再從後頭的蒸籠取出一盅瓜仔雞湯，倒入古早味的陶碗公裡，麵燙熟用竹篩撈起倒進雞湯，招牌瓜子雞麵就完成了。這碗麵的滋味我就不好描述了，但這家十六崁瓜子雞麵是我帶朋友來宜蘭一定會坐下來的麵店。

如果真想嚐宜蘭的傳統羹麵，在十六崁瓜子雞麵前的巷口左轉，循聖後街走到底可以找到阿茂米粉羹的店。這裡的米粉羹用的是粗米粉，類似台北夜市可以吃到的米粉湯，每根都是粗粗短短的，湯頭是先用蒜頭爆香，加入木耳、筍絲等，桌上都有黑醋可以自行添加。

阿茂米粉羹賣超過五十個年頭，一碗二三十元的小吃麵食，做出民以食為天的本事，小吃小食的價錢在當年也許只是為了餬口養家，但一直開店持續到現在的阿茂米粉羹，也在宜蘭人的家鄉味中佔有重要的位置。

宜蘭味最令人忘懷的，我想就是這些非得到宜蘭才吃得到的庶民美食。

振地餅鋪 03-9332754
宜蘭市中山路三段230號

30年老店檸檬愛玉 03-9356698
宜蘭市中山路三段156號
（靠近舊城西路交叉口）

十六崁瓜仔雞麵 03-9324293
宜蘭市中山路三段158號
（靠近舊城西路交叉口）
營業時間：PM13:30-PM12:00

景德炸醬麵 03-9365287
宜蘭市小東路13-5號

宜蘭第一肉羹
宜蘭市西後街21號
營業時間：AM06:00-PM16:00

阿茂米粉羹 03-9314510
宜蘭市聖後街95號
營業時間：AM09:00-PM18:00

壽司(沒有店名)
宜蘭市西後街和文昌路交叉口三角窗

草莓，春天的顏色。

台灣的春天，有太多令人期待的事情。採草莓也許會是許多人心中的愉快選項，不是在於便利性或是愉悅性，而是因為草莓的色彩與光澤讓人一看心情就大好。

從台北開車下來才進入大湖鄉，就能夠聞到空氣中香甜的氣味，接著就看到大湖草莓鄉的紅色招牌。草莓園一路延伸，我們挑了比較裡邊的桂霖草莓園，跟老闆領了剪刀和小籃子，下田去和草莓們親近。一眼望去草莓紅葉子綠，還有一小點的白花一朵朵，許久沒採草莓的我，一開始就被小白花們吸引忙著為她們拍照，都忘了自己是來採草莓的。採草莓彷彿是春天的全民運動，但是比起採草莓，我更想把草莓花採回家。小小朵的花兒向著陽光盛開，花瓣一碰就掉，悄悄揀幾朵小白花裝進小提籃裡。

走向高架草莓圍，撥開綠色的葉子，看到小小顆未熟成的湖水綠草莓躲在裡頭睡覺；一旁顏色紅亮熟透的草莓像染上洋紅胭脂的葡萄一樣，大大小小垂掛一排。有的草莓躺在土壤上頭，看著天氣好好雲朵飄飄，還沒嚐到草莓我心情就已經變得大好了。拿著剪刀採草莓，要避開還沒熟成的綠色草莓，和還沒長大的小草莓，越往苗圍後頭走，

發現更多大顆草莓還沒被採下，籃子一下子就裝了滿滿新鮮草莓。

　　離開前跟草莓園買了今年釀的草莓露，想著這盒草莓帶回去，春天還沒結束就吃光了，多帶一瓶草莓露回家，想念草莓滋味時倒點汽水，再來兩顆冰塊攪拌，繼續享受一整年的草莓時光。

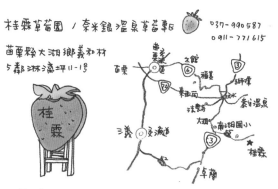

桂霖草莓園 037-990587
苗栗縣大湖鄉義和村5鄰
淋滴坪11-1號
（苗55線道路上）

和台灣一起牽手散步

散步在淡水靜靜的生活。

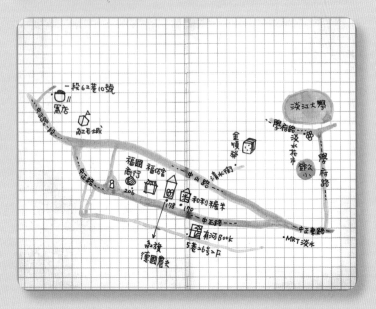

和淡水總有奇妙的緣份。

　　出生前後一段時間也曾居住在淡水的大信街，那是縱深很長的街屋。後來雖然舉家遷離，但是因為爸媽的朋友或紡織廠的同事大都在淡水，記憶中，每隔一段日子爸爸總會開著紅色喜美轎車載著我們全家回淡水找朋友聚聚，相約在淡水黑店經濟小吃吃飯。

　　黑店離淡水捷運站或是老街都有一段不小的距離，它隱身在一排行道樹和有著圓形窗戶的矮公寓巷子裡頭。吃飯時間那裡總是會停著許多的車輛，也許有許多人跟我們一樣是用黑店的大滷麵、排骨飯來懷念自己的淡水舊時光吧！

　　淡水老街，在我們還住在淡水的時代，可能還不存在類似現在的景象，翻著舊相簿，我努力想要回想那時候這麼小個子的我，不太穩的跑著的那一大片草皮，遠處有家人和父親的朋友，不知道是淡水的哪

裡？可能是淡江大學或是真理大學裡的某處有充沛陽光的草地上吧！

　　淡水，在我們姊妹年紀漸長，假日不喜和父母外出訪友後，也減少前往的次數。但大學畢業後兩年，因為工作我卻開始在淡水落腳生活。最先的服務的學校，甚至就在父母結婚前後工作的紡織廠那條小路的後頭，而當年我們常來淡水叨擾的父親朋友也還住在紡織廠附近大馬路旁的公寓。

　　一時以為，時間只是把人們的年歲往前推進，忘了改變其他的。但在我離開那條小路上的學校前半年，紡織廠的門口貼了一張廠房租售的紅紙，廠房下的機具幾乎已經搬空，只剩下門口的警衛室，偶爾會出現守廠房的老伯伯。

　　我喜歡淡水，撇除假日人滿為患的老街和大塞車的台二線。

　　也不知道，還會留在淡水工作幾年，以前總是週五下班後跟著大量的車潮離開淡水回家，週一早上隱身在另一次大遷徙進入淡水，對於淡水，總覺得這只是我工作的地方，最近因為養了黏人的小貓，下班後留在淡水的時間增加許多，讓我在淡水生活的第五年，不再只是把淡水當作另一座城鎮而已。

　　許多小時候的淡水印象已然模糊，我的生活正慢慢與現在的淡水貼近，有時候下班，一個人騎著機車鑽進小巷子裡尋找同事口中的各種店家。

　　想買花器、盆栽不用再跑到社子花市或建國北路花市，學府路後頭轉進巷子小斜坡盡頭的淡水花市也很齊全；想吃真材實料的麵包不用等朋友幫我訂馬可孛羅的麵包，或跑到士林買馬可先生，只要晃到中正路老街上的紅旗德國農夫，它的雜糧麵包好吃，但我偏好混合多種香草的阿法特薄餅，想吃的時候拿一份出來放平底鍋煎出香料香草的焦香味；想吃大眾口味的麵包就去清水街裡的金順發，我會帶上半條厚片土司回家，早餐時間在烤得表面微焦的厚片上淋一匙荼蜜，實在是美味。

米糧用盡時，再往中正路上的和利碾米店取個三斤糙米，平日多一人煮食實在不適合買市售大包裝的米糧，到碾米店取米，讓我覺得自己生活的步調不那麼快速。要買新鮮的食材就只能打早往中山北路和中正路中間的那幾條彎曲狹小的市場巷子鑽，要多要少都可跟老闆商量，新鮮度也勝過便利取向的超市，看到八里運來的綠竹筍便請老闆幫忙挑兩三支可以煮湯或涼拌的鮮度，幫忙削去了硬殼。不用一刻鐘，手上提了好幾袋食材，卻因為晚上能夠喝的鮮嫩的筍湯而開心不已。

還有一家店一直想去造訪，不是別的，就是福國商號賣的新鮮麵條。週末回家時如果遇上老爸一人下廚，總是會煮一鍋湯麵，用的是市場裡供應附近大部分麵店的製麵廠的新鮮麵條。每次到中正路附近買東西，經過製麵廠時總想買上一兩斤的麵條，但想到先前貪方便買了一大包的雞蛋麵條還沒煮完，只好再等等，好貫徹新鮮買新鮮吃。

想找個安靜的地方窩一下午，我會慢慢移動到淡水河岸邊的二樓書店有河book，沿著有些狹小的階梯而上，看著牆上又增加了什麼樣新的消息或是創作，好似在幫助自己進入另一種屬於文化的空間裡。在鈴鐺聲響起的同時扭開喇叭鎖打開門（現在真的很少有店家的門是喇叭鎖的），先探頭進去跟櫃台裡的686或是隱匿點頭打招呼，看看陽台上新的玻璃詩，找張椅子坐下來。

在有河book，是可以輕易擁有一片藍色的時光。

要向別人說「我是個淡水人」，其實也還不夠格，畢竟我是在出生後這麼多年以後才又回到淡水生活，也許需要更久的日子讓我累積對淡水的喜愛，我才能更有自信的說出這樣的話。

【淡水・好店】

有河book｜淡水鎮中正路5巷26號2樓 02-26252459
（出淡水捷運站沿河走3分鐘就到了）
黑店經濟小吃｜淡水鎮中正路一段62巷10號 02-28052790
淡水花市｜淡水鎮學府路90號 02-26224131
紅旗德國農夫｜淡水鎮中正路178號 02-26262083
金順發麵包店｜淡水鎮清水街20號 02-26215288
和利碾米店｜淡水鎮中正路170號 02-26231001
福國商號｜淡水鎮中正路206號 02-26212520

手的時光

因為每一段時光都值得記錄與紀念，

　　所以我努力以筆依手，

　　繪出小日子的片刻——

　　　　　　手的溫柔時光。

揉揉麵團 做麵包。

打包麵包的味。
39元保鮮盒。

終於在三月結束前，開始麵包的學習課。
非常期待，能用自己的手將大自然
所給予的原料，變成能賜予幸福的
食物。

【烘焙DIY課】 April, 11, 2007

克林姆 ㄅ~。熊掌型胖完了變成大象瞬…嚇！

內餡卡士達醬做法十分複雜…

哇~加S香草豆莢果然不一樣。

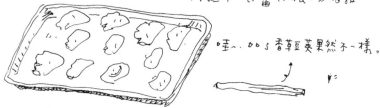

大概是自己做的麵包、so。即使是超簡單的克林姆麵包、吃在
嘴裡都覺得好吃可是看到攪拌缸裡除了麵粉類材料
還有一大塊奶油　（油）在美味和健康間要多考慮。

熊掌の

圓頂の。

我曾經幻想有一天，也許我要到一個生活步調極為緩慢的小鎮生活，在此之前，我必須學習各種能夠自給自足的能力，就像是日本電視節目介紹的各種自食其力的家庭一樣。

每天都要吃飯的生活，讓我本來想好好學習種菜，但實在無法和從土壤裡鑽出來的各種小蟲親近，只好打消念頭。轉而想學做麵包烘焙，我覺得會做麵包或是蛋糕的人，心裡一定有個魔法黑盒子，知道麵粉、水、糖、油、蛋之間各需要多少比例，還要掌握烤箱的溫度及時間，每一個步驟都是關鍵的環節。

我也還記得，之前去日本旅行時，在日本工作的朋友到我們住的旅館來探望時，帶來了麵線、關東煮罐頭，還有一盒她自己烤的抹茶馬芬蛋糕。我到現在還能感覺收到朋友親手烤的蛋糕時候，心裡的那種幸福愉快感。能夠將大自然所給予的材料，變成能贈與人幸福感的食物，讓我興起了去上麵包烘焙課的念頭。

我找到上基礎麵包的課程，和朋友一起報名當同學。上課只要繳了錢，準備打包的保鮮盒，其他的材料都由教室統一準備。雖說是去上課當學生，但上課前教室會備好料調好比例，揉麵團交給拌麵機，真正動手的時候，是老師分好麵團交給大家去桿麵、包餡，最後上蛋液排上烤盤進烤箱。來上課的同學多數是想要考烘焙執照，已經有基礎的烘焙能力，只有我們是真正的初學者，每次看老師一個動作翻過麵團，就做完好幾個麵包，我看得手指頭都打結了還卡在編辮子麵包上。

April, 25, 2007　烘焙DIY.

起司士司

起司片×2

擀平 起司

壓平

↓ ↓ 壓扁

由上往下 捲成長條狀

**力道要一致‼　▲以上×2份

平鋪起司條 沙拉.

用刀切出口
數道,忌太細

(太細,發酵完
會整個大翻身…)

放入土司模
發酵至六分滿.

① 擠美乃滋

② 放起司條.
　(PIZZA用)

③ 發酵

④ 烤 上 200°C
　　下 200°C 15分

烤好,脫模.

▲ 正面‼　　　▲ 切面

沙波羅麵包 / 奶酥麵包

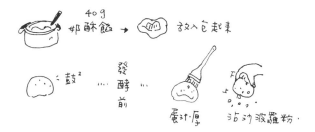

70g
麵團 → 压平

40g
奶酥餡 → 放入包起来

↷鼓² … 發酵前 …

蛋汁厚 沾沙波羅粉.

靜置發酵

上 200°C
→ 烤：下 100°C 13分鐘

長大了!!

　　學做幾款小時候愛吃的紅豆麵包、蔥花麵包、克林姆麵包和波蘿麵包，越是簡單的味道，反而更容易讓人注意到麵包本身的筋度與口感。上麵包課，最喜歡的還是烤箱鈴聲大作麵包剛出爐時，盤子中的麵包溫度太高，還不能動手，老師和同學們圍著這些麵包展開的笑容，麵包的香味充滿整個教室的時刻。雖然我回家後一次也沒有練習動手做麵包，但是有朝一日必要時，我想我應該還是可以照著當時在教室裡手繪的筆記，展開我的麵包烘焙之路吧！

幸福手做 QQ麵疙瘩。

$\frac{2007}{0221}$ 揉麵團!!

想吃的食物,自己做,這真是一件迷人的事情,
但其實很累人的...。

<材料>
1. 高筋麵粉... 2杯
2. 低筋麵粉... 2杯
3. 熱水......... 3杯
4. 冷水......... 1杯
　(可用冰milk替代)
5. 調味鹽 ... 菜少許

<作法>
① 將高筋與低筋麵粉混合拌勻。

② 倒入熱水,進行攪拌,注意1:水要分次加入。

③ 重複動作②後加入冷水,注意2!熱水要先加,才能加冷水。
熱水:冷水約3:1　努力

④ 繼續揉、拍打、摔,至有Q度,視需要加麵粉。
努力　痛~

⑤ 當然。
放在容器內,以保鮮膜封口、靜置10分鐘。

QQ的麵團就完成了。

　　我喜歡自己煮些什麼或是亂動腦筋組合新菜色。對於烹調的興趣源自於母親,她有一雙巧手,可以在三十分鐘內煮完一桌晚餐的菜色。現在我站在廚房,總會回想當初餐桌上食物的組合。父親則擅長麵食,他的湯頭總有奇怪的組合,一切都是養生優於美味呀!

　　其中父親做的麵疙瘩,是我最喜歡的一道麵食。接近中午時分,是他開始備料的時間,如果孩子們開口向父親說,中午吃麵疙瘩好不好?他就會再倒入一大碗的麵粉和做蛋餅皮的麵團一起攪拌,整好的麵團抓取兩個手掌大的量就是我們一家五口午餐的麵疙瘩材料。

　　父親的麵疙瘩出現過紅蘿蔔口味、地瓜口味,完全是看他當日的靈感與心情。母親則是取用自菜市場買回昆布、紅蘿蔔、牛蒡、乾香菇

等蔬菜切塊、泡開後在大鍋中煮開來，我們從湯鍋裡飄出的香氣猜測今天的菜單。

這幾年的農曆過年時間，來不及添買食材的時候，我也會嘗試做從前父親弄給我們吃的麵疙瘩。到社區裡的雜貨店買了高筋和低筋麵粉，為了增加麵團的Q度，父親說用熱水三，冷水一的比例去調，再加上一點點的鹽巴調味。如果說做麵疙瘩有什麼技巧的話，大概就是一開始，麵粉和鹽巴先混合均勻後，加熱水時要分次加入，此時麵團會慢慢成型，我用鮮奶取代冷水，最後加入麵團裡，手要不停的揉動，等成型後可以整團取出，用力摔，增加麵團的筋度。等到麵團較不沾手的時候就可以稍微休息，用保鮮膜蓋住放在碗裡頭，讓麵團發酵膨脹長大。我在廚房東西轉的時候，小侄子翰翰一直跑來問我在幹嘛？我跟他解釋，等一下有好吃的麵疙瘩唷！拿了已經成型的麵團給他按兩下，告訴他，這個等一下會長大，你可以吃很多唷！他聽了，心滿意足的又跑回去客廳繼續他的卡通時間。

一旁爐上的湯鍋水已經滾了，放入我記憶中味道的來源：昆布、香菇、薑片、紅蘿蔔、牛旁。廚房裡的溫度早已驅趕冬天的低溫，彷彿把一顆溫暖的太陽蓋在鍋內噗嚕噗嚕的攪動著鍋內的世界。

取出長大的麵團，趁著滾水，捏取一小團麵疙瘩丟入，這些小麵團就在鍋子裡隨著氣泡旋轉浮起。舀了一碗麵疙瘩給翰翰，他聞到香味馬上把嘴巴張得大大的O字型表演「我想吃」的表情。吃了一口後，問他有沒有QQ的？只見他用兩根食指貼在自己小小的臉頰上，往內一壓，原來他把自己小小的臉蛋當成麵團壓給我看，表示剛入口的麵疙瘩就跟他的小臉一樣Q呢！

裁縫小女工的
手做禮物鬆餅布。

$\frac{2008}{0407}$ catrain

小河文明鬆餅 ⊞ / ⊞

↳鬆餅醬：紅苺、巧克力、蜂蜜。

如果就這樣一直悠閒悠哉的，生活著，

不知道哪時候可以實現。

在宜蘭的這二天，步調真的慢了下來，

六是沿著冬山河陪著小狗散步。

都覺得難得。

如果鬆餅紙用薄布替代就更好了。

鬆餅薄布

旅行到了宜蘭，剛好遇到季子頂下河岸咖啡改版重新出發為「小河文明」。

季子想把這裡裝點成一個人文空間，讓人可以自在的在此停留、閱讀、聽音樂、甚至辦講座、小講堂等等。三月聽到他要接手冬山河畔的咖啡館，對於他最後沒在淡水找到合適的地方感到可惜，在淡水四年，少有一個可以讓人停下來喘口氣的地方，本來打定主意，如果他來淡水開店，我還想下班後去端個盤子兼差。

到宜蘭停留兩天，每日都漫步冬山河畔來小河文明，感覺時間在河畔的咖啡館神奇的靜止了。坐下翻著咖啡館裡的書，季子送來剛烤好的鬆餅，盤子和果醬都是來自IKEA，雖然遠離城市，卻有一種文明社會的尋常生活模式熟悉感。

手掌大的方形鬆餅和IKEA大圓盤的中間隔了張餐巾紙。

心裡這樣想，如果，中間是鬆餅布，應該會更好。

在其他咖啡館裡，也常看見鬆餅配餐巾紙，但在這裡卻特別覺得，鬆餅需要一塊布吸收剛出爐的鬆餅熱氣和溫度，這樣比較健康。

想法是在心裡頭萌生，但我並沒有當面跟季子商量，回台北後自己去布市挑了幾塊柔和的印花棉布和亞麻布後，才跟季子要了盤子的大小，順著自己的想法做了幾塊布寄過去。

其實是有這麼一點點，把自己心中理想咖啡館的影子給強加上去，季子很客氣的接受了。但其實清洗鬆餅布是多了一道手續，並沒有在哪家咖啡館或鬆餅店看見有人這麼安排，只是自己純然的把雜誌上的「日常生活感」投射在這家正要起步的，離我有點小距離的咖啡館。

我把一塊布留在身邊，對折後成了小方形，當成手巾在使用，細細感受她的正反兩面不同的觸感。心中打量著，如果那些布不適合鬆餅，還能拆線過水讓布邊的車針線孔痕跡恢復相同的矩陣，重新車成別的形式，也許是杯墊，隔熱手套，或是布書籤……

季子說。
我の咖啡館
開張了。
歡迎來看書。
喝咖啡。
在冬山河の另一邊,
沒有急促的步伐,
有靜靜的風,涼涼的
微笑,屬於回憶の
空間。

我說,布克旅人的主人,實現自己大半の夢想,會不會,再不能出發去旅行了。

小河文明讓各地旅人到這裡對著冬山河來一杯咖啡配一盤點心。

然後,想著下一站要到哪裡去。

謝謝讓我看季子和他的夢想,讓我覺得也該好好踏出下一步去。

實現我の夢想。

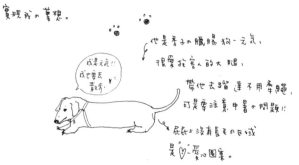

他是季子の臘腸狗一元氣,
很愛抱客人的大腿。
帶他去蹓達不用牽繩,
可是要注意中暑の問題!!
屁股上沒有長毛の區域
是 "♡"-愛心圖案。

我是元氣!!
我也要去
散步

季子的小河文明咖啡館，四月開店，試賣一個月後，可以感受他言談中的理想有些被澆熄，我希望他能夠堅持自己對一間咖啡館的風景投射，但是也想能有些什麼方法可以更振奮他。

那些對談時刻的前後，也同樣關注著我所熟識的獨立書店或是有經營特色的咖啡館，把從中觀察學習到的分享給季子，同時也想起了他們曾經或持續面臨的經濟現實危機，我打從心裡不希望這些台灣美麗的人文風貌哪一天消失了……

對消費者來說，賺了折扣省下一點商品費用，可能正在漸漸消磨這些人文風景。人都有些許私心，如果哪一天真能夠遇上了自己喜歡的店舖空間，不管它是間書店或是咖啡館或是whatever，都要用自己的每一份私心，讓它們能夠長遠的經營下去。

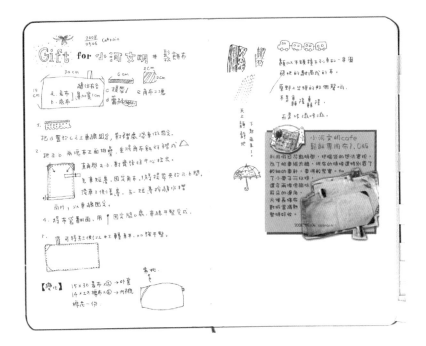

裁縫小女工的
手做禮物外食族便當袋。

手作生活·便当袋·乐活

2007
──
11 8 . catrain

我喜欢蝴蝶结、比任何的结都討人喜欢
配上軟蕾斯緞帶,正好。取了的底桌桌布,是在
日本東京日暮里買到的「水玉布」。這次拿來作
環保手提便当袋,其實是用便利商店裡一個
1元的塑膠袋做版型。

這是要送給小小寫作班的桃子
同学,桃同学就是妳啦!!
去永樂裁了一塊防水桌布,做內
裡,這樣、袋子沾上醬汁也不會太
難清、但下次應該改用「雨傘布」,
比較輕、薄。這樣、也可以摺
收方便,所以在側切車縫時,
加了二條蕾絲帶子、沒事可以

　　寫作班的同學桃子在婚禮顧問公司上班,有時候工作忙趕不及,幾
次都提著晚餐進來上課。有一次聽到她抱怨每天買晚餐都要拿好幾個
塑膠袋很不環保,跑去商店想找個好用又順眼的環保袋,卻一直找不
到適合的。我聽了覺得應該要幫助她想為環保盡心力的心願,便自告
奮勇的說要做一個買便當的袋子。

　　利用一個下午的時間,翻出之前在日本買的水玉(點點)布作為表
布,考量要裝便當難免會有油汙,用塑膠防水花布作為裡布。準備一

綁蝴蝶結裝飾、收的時候可以当成帶
子纏繞固定。

在交疊的地方、偷縫了磁鐵二枚，醬樣、
裡面裝了什麼食物就不會被看光光。

最後用防水布再車一個可以放婚具的
束口袋▶醬樣就真的…

太可愛了，一整組的購餐袋，

成說，桃同学呀!!

便当盒、

妳就自己準備囉!!

那個、車線醜的、不要
太在意呢!!

下一次手作生活，不知道
會車出什麼来呢!!

真期待。

個可以裝納便當大小的手提花袋，用剪刀拆解成一張平面後成為袋子
的版型，最後在帶子的側邊多縫了蕾絲緞帶可以在袋子折疊時固定成
蝴蝶結，另外也用防水布做了一個小的束口袋裝餐具，既然要力行環
保LOHAS，當然也要自備餐具。

　桃子收到時候，善良的略過那些不平整的車線，開心的稱讚我。

　不過我覺得最高級的便當袋應該是像日本媽媽一樣，在便當底下放
一塊手拭巾，斜對角兩兩打結後就好了，連車線都不需要呢！

裁縫小女工的
手做禮物水洗愛的羊毛氈包。

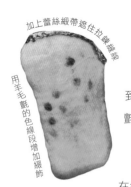

加上蕾絲緞帶遮住拉鍊縫線

用羊毛氈的色線段增加綴飾

喜歡任何摸起來舒服質感的東西，加上甚至不需要用到針線就能完成，因此有樂家到小小書房第一次開羊毛氈的課程時，我馬上就報名了。

有樂家的葛老師先說明羊毛氈的材質特性，因為纖維在經過搓揉或是針戳後會互相糾結，因此增加了纖維的強度，可以從一層層的羊毛纖維變成一塊羊毛氈布，如果想要做到一體成型就必須借助一些模具或是分隔用的塑膠袋、氣泡墊等，以免在用肥皂水洗的時候氈化。

材料：
01.各色羊毛氈：羊毛氈的種類分很多種，基本上是以秤重計價，也會因為品質而有價格上的差異。
02.模具：這次要做的是零錢包或筆袋。零錢包是做口金包造型，所以需要軟球為模具，如果選做筆袋，中間要加一張氣泡紙隔絕氈化的情況。
工具：
01.淺水盤或大垃圾袋：用來盛裝鋪好的羊毛氈，因為此次使用的是水洗羊毛氈的做法。
02.肥皂水：用熱水事先泡開肥皂水，也可以用任何可以起泡的溶劑取代，譬如洗髮精、冷洗精、洗碗精等。填裝入噴水器備用，方便隨時噴在羊毛氈上。
03.網袋：將已經浸溼肥皂水的羊毛氈放在一般的水槽濾水袋或是洗衣袋裡就可以搓洗幫助氈化。
04.剪刀：用來替和軟球一起氈化的羊毛氈圓球剪開口。
05.清水和盆子：準備裝有約40度熱水和冷水各一盆。

2007
0203 catrain 羊毛氈
一色8支就可以作的手機袋.零錢包

Colors.

熱水40。以上
網口可 肥皂水 (可以起泡)

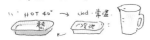

看深度的壓力

- 抓鬆.層疊.均勻平鋪包覆在模型上
- 抓鬆.(見縫隙性)
- 交錯性包覆.(搓壓)約8次.

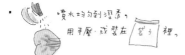

- 噴水均勻到濕透.
  用手壓.或裝在袋子裡.

- 使用 3網袋搓揉.將凸出的部份壓回去,
  詭譎纖維氈化,用手拍不會抽絲.

- 將羊毛氈冷熱水交替三.四回合.
  `HOT 40°` → cold.常溫
  浸泡時稍微又搓揉.壓水 再倒另一溫度的池.

- 縫合.組合
  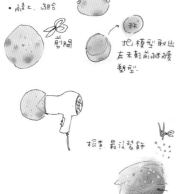
  前開
  剪開
  把模型取出
  在未乾前就調整
  塑型.
  檢查 最後裝飾

01.成型：以筆袋為例，先在一張氣泡塑膠紙上用奇異筆畫出筆袋的造型和大小範圍，取羊毛氈層疊交叉方向鋪上，需稍大於氣泡紙，氣泡紙的兩面皆需鋪設，最後加入其他的顏色或是羊毛線點綴。這時候羊毛氈只能用堆的像座小山來形容。

02.搓洗：將羊毛氈小山移至碟子上，用熱肥皂水完全噴溼，放入網袋裡開始像洗衣服一樣的搓洗，此時要注意，兩面皆須進行，並避免一直從同一個方向進行，以免成品變形。

03.檢查氈化：用指甲拉扯表面，如果能輕易抽絲，表示還需要努力。此時也可順便檢查是否厚度足夠，或將較薄的區域添加新的羊毛氈加強。

04.羊毛氈三溫暖：搓洗一個階段後，將羊毛氈放入冷水盆稍微搓洗後取出再放入熱水盆搓洗，重複三至四次，依氈化情形調整。

05.剪開口：以上步驟都完成後，將羊毛氈沖洗乾淨，以毛巾或紙巾稍微吸乾水分，確認需要縫上拉鍊的開口處及長度，先剪開後取出夾在其中的塑膠氣泡紙，並檢查內部的氈化情形，在羊毛氈還未完全乾燥前都還可以調整塑型。若不需修改則可以用吹風機低溫吹乾袋子的內外。

06.縫合：依照個人需求可以縫上拉鍊或是鈕扣，就完成羊毛氈的小袋子。

環保袋再生REPROCESSED BAG。

　　我的第一個展覽作品，終於生出來了。師大夜市附近的浦城街巷子裡有一家我個人很喜歡的風格小店，叫「ZABU」，我最愛它的鐵窗格，非常復古的味道，裡頭有一些空間讓人寄賣手作物，另一邊是可以喝茶用輕食的座位區，老沙發是那種一屁股坐下去的時候會整個陷進回憶裡的調調。

　　ZABU和妙市集合作設計了環保袋的再生展徵件活動，我比較喜歡的黑貓圖案已經沒有了，加上一直找不到適合的媒材，那時候的我才剛開始學裁縫，一切技巧我都不熟，手邊也沒有壓克力顏料，也不想大玩潑墨，一直到發現繳件時間到了，我還是沒動手⋯⋯便假裝忘記要做這件事情，讓時間過午夜十二點後就當他過期了。

　　沒想到，正逃避一切用看日劇來打發時間時，我的電話響了⋯⋯。

　　「我是ZABU，請問妳是不是有報名環保袋再生展⋯⋯我們的收件時間延到明天晚上，妳可以晚上7點以後拿過來交⋯⋯」

　　啊!還可以交喔?真不知道該不該說喜出望外。

　　好吧!拿起黑筆翻開京都的相片本，就直接在麻布袋外畫了起來又添了色鉛筆的顏色，接著拿出針線點綴。完成了應該是我的第一個商業性的作品，這個徵件展示可以替自己的作品標價，如果有人喜歡就可以買回去收藏使用。

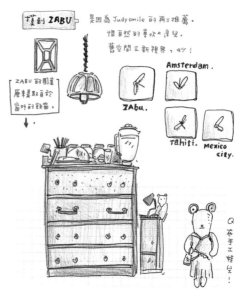

理想的下午

關於旅行也間

於晃蕩

舒國治

先買了門外漢的京都。
擁有作者簽名，不只是擁有
一本書，也擁抱了作者的回憶。
狀似親密的敘事，是個美妙
的過程。

看描述京都的文字，重新踏過
記憶的衣攤。

終於，我回頭去尋了舒國治的
頭本書·理想的下午。在水準
書局，在踏入 ZABU 前，沒
想到氣圍全然配合。
我喜歡 ZABU，雖然現在是向
晚，仍然理想。
x x x x x x x x x x x x x x

ZABU

| Graphic Design | zakka | cafe
+886·2·2369-6686
台北市浦城街9-4号·
www.zabustudio.blogspot.com

紫蘇青苔(素)
味噌湯
北海道 郊油濃湯
醬油烤飯団
手飯団·系列

·茶泡飯·<素>·

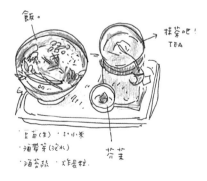

飯·
抹茶吧!
TEA

正面(素)·於小菜
海苔茶(泡水)
海苔飯·炸湯枝
芥末

・環保袋再生居・ 9/8-9/11 @ Zabu.

秋市集四

代衣了，在這兒，有了自戎的姿態。我輕飄飄的身影，在

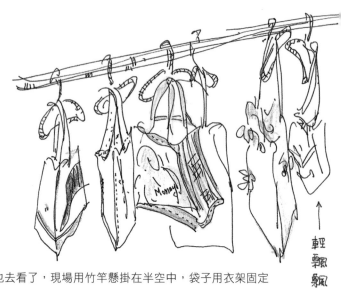

↑
輕
飄
飄
袋
↓

開展時，我也去看了，現場用竹竿懸掛在半空中，袋子用衣架固定垂掛在竿子上，很多人的作品拼貼了許多複合材質，有的甚至已經看不見本來袋子使用的麻布。相較之下我的京都回憶袋子，就顯得太輕薄了，在現場好像變成羽毛一樣沒有重量，也許旅行的盡頭就是苦盡甘來，所以只有最美好的回憶會被留住，輕如鴻毛。

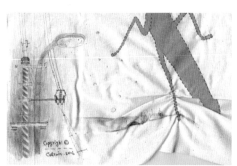

言、力量輕薄如呼吸

ZABU/雜舖 02-23696686
台北市浦城街9-4號
（師大後圍牆第一條水準書局巷尾）
營業時間：週一至週日 PM15:00-PM23:00
週五、週六PM15:00-AM01:00
http://www.zabustudio.blogspot.com
zabustudio@gmail.com

手的時光

寫一張明信片
　　在旅行時寄給你。

Postcard FROM ▆▆ catrain 2007 0720

Köln · Cologne · Colonia

王大賊　42

TAIWAN.

LUFTPOST
PAR AVION PRIORITAIRE

Dear 賊，妄了，Köln 好玩了啦，但在科隆教堂裡
往上看，真的是只有感動而已，更感動的是，我居然他
是5.09 階登上教堂頂喚，哇，真聲人。

德國南一区的人情風景真是很大。在這兒，認識德國一天
中的變化最大的是天気。晴、雨、冷、暖都輪番来過，雨彩過的
城市總是很美。　空氣中漫着 Pizza 的味道，及到處都是的
火車味。這兒的　日子，還有好聽的音樂 Live，若能下去生活，也是
不頼的い呀。　不工作，每樣都好的啦!!

catrain 2007 0720
@Köln

Art. Nr.: 269 · Thierhoff Verlag · Gut Neuenhof · 50259 Pulheim · Tel +49 (0)2234 989759

　　我的人生中有幾次大量書寫郵寄的時間，第一次是在青澀的國中階段，差不多把我每天想說的話，做的事情，亂亂想的內容都寫在各種信紙上，有的有香味，有的有淡淡的圖案，常常都是好厚一疊七八張跑不掉，折了三折，裝進信封裡寄給一個同學。其實那樣的內容可以是寄給任何一個我認識的人，但我只是想要找到一個出口，並且能夠讓我放心投遞的對象，所以就是麥比了，雖然我們小的時候為了各種奇怪的理由或是競爭而吵架，但是上了國中，我得了有一種沒辦法和身邊的同學溝通順暢的困擾，伴隨著一種疏離的需要我把寫信當成一種情緒的出口。他也很好心的偶爾回信，抱怨他的生活、家庭，或是對愛情的煩惱。

　　隨著時間推移，我們也從寫信、寄賀卡改成寫bbs、寫email，現在則是用msn、facebook的喃喃自語去了解彼此的近況。現在那些珍貴青春時期的信件，也都還保留著，麥比給我的回信，總是比較簡短，一張信紙寫了八分就想說再見，但也累積了近三十封。也許哪一天把存在他那裡我寄去的信，和我手邊他寄來的信合起來，可以拼湊出那時候的私人情緒。

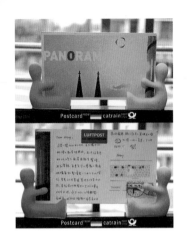

　　我總是把想說的話往遠方寄去。有如撕下一張張寫滿的日記紙，折成紙飛機，或帶著各種情緒把手中的紙張揉成一團，盡力的拋出我的生活圈子以外；同時也像是一只瓶中信乘著浪沒有目的地的從我的視線眼界中慢慢消失。

　　開始工作後，我開始寫blog，多少取代了寫信給朋友的這件事情。但是真正放在心上的感覺卻變得越來越簡短，提筆寫信不再需要好幾張紙去鋪陳載記，在那些即將遠行的紙片上，我學會了長話短說，或者說，變成一種對不同人說起不同故事的選擇題。

　　和對筆記本的執著一樣，我深怕上演慣用的筆寫在陌生的紙張上突然詞窮的狀況，希望在想寫的時候可以隨時拿到我喜歡的圖案和紙張，與其花了錢挑不到喜歡的圖案，或是對著原子筆不太好寫上去的防水材質生氣，不如自己做明信片。有了這樣的想法以後，旅行出發前，拿自己平常放在blog上的生活手繪圖印了幾款明信片，特別喜歡

用稿紙當底圖印出的樣子，因為手繪圖的文字也是手寫的，整個組合起來就像是直接畫在稿子上的隨意心情。列印好裁切前先在正面貼一層3M的保護膜，防止遇水暈開。

出發去旅行時，在路上停下來吃東西的時候或是等人的時候就拿一張出來寫，都是先貼好了郵票。明信片上，我的字都有點小小害羞的樣子，但還是會照規矩透出行距，工整的抄上朋友的地址，最後屬名「catrain」，或「貓。果然如是」，簽上日期。經過郵筒時候就一把把通通丟進去。回到台北時，我也能收到其中的一兩張，回味一下。

有時候我也會在筆記本裡夾幾張自製明信片，當我重回某些地方的時候，如果剛好有相關的明信片就會拿出來寫。上回一個人到永樂市場買布，離開前我跑去吃杏仁露，拿了攤車那張明信片出來寫，本來是寫寫自己的心情，抬頭看到在攤上幫忙的小妹妹剛被老闆娘罵一臉不悅，我順手把眼前正在發生的事情給寫進去。隔了幾日收到明信片後，心想，當時應該把這張寄到杏仁露的店裡給那位小妹妹。

後來去德國旅行的時候，怕自己做的明信片不堪旅途長途跋涉的郵寄，所以打消念頭。而改在當地買一份12張或是單張單張選的旅遊明信片來寫，兩週的旅行期間，也給自己寫了不少張，但內容全都是我在旅途中的喃喃自語。整趟旅程我偶爾和同行的朋友討論計畫接下來

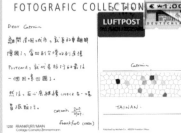

的行程，但多數時候都得要用憋腳的英文和僅學的一句德文「Danke」和當地人對話，寫明信片成了我唯一可以用中文完整思考的時間。

那些在半路上丟進郵筒的明信片，記錄我不同時間的心情，讚嘆的、意興闌珊的、回憶的，收到的朋友不知道是否能感受到我眼前的世界。回來後，我很任性的要求朋友們把收到的明信片拍照回傳給我，就這樣它們繞行了許多路以後又以另一種方式回到我眼前，一切就像是另一場人生的練習。

翻頁中的旅行。

貓媽總是愛唸我，花錢買一堆小東西，不知節制。但我以為，沒有買回來實際用看看，怎麼知道哪個適合我？但還好，當我開始用筆記本記錄生活畫面的時候，我很快就找到我喜歡的筆記本們。

我第一本用來記錄旅行的是2006年第一次出國到日本參觀愛知的世界萬國博覽會時，在書店買到一本輕薄硬皮有鬆緊帶的空白筆記本，大概只比護照大一點（12.5*18*0.9公分），內頁48。

我那次出國，筆記本發揮了很大的效用，不只用來記錄每天的行程，當排隊看展或到餐館吃飯時，我也拿來記錄眼前所見的建築、食物、植物等等，再加以文字描述當時的心情感受。現在重新翻閱著，還是對當時的畫面記憶猶新。會想用繪畫記錄旅行的生活，一開始也是因為手上沒有單眼相機或是數位相機可以拍旅行的照片，覺得自己第一次出國，沒帶點畫面回來有些可惜，於是想嘗試用畫筆來記錄。

後來，卻逐漸不能滿足這樣的尺寸，決心再找更大本一點，甚至吸水性好一些的紙張。幸運遇上水越筆記本。水越（AGUA Desugn）是台灣的設計公司，陸續推出很多不同大小尺寸和功能的筆記本，我偏愛2006年做的「There is a baby…」系列，這是由水越和詩人葉覓覓共同創作的，採用穿線裝訂，整本筆記本比A5小一些（15*19*2.2公分），有264頁，但重量卻很輕，大概300g，即使我站著畫圖也不會累，內頁的吸水度夠，拿色鉛筆來畫水彩也沒問題。只是我習慣用黑筆，多少會透到背面。內頁的設計有五種：橫線、空白、格子、下方1/3格子，以及可以用來畫寫故事腳本的三分格。

一開始拿起水越筆記本看價錢，321元一本，有些貴，但用上手習慣了，在還沒找到其他替代方式前，也就當成消耗品一本本買下去。有時候在書店看到架上還有空白內頁款，就會多買幾本收藏，深怕日後

斷貨。手上已經有三本水越畫完了，只剩下一本，不太捨得用，不是因為價錢，是因為量少難買到。 和我一樣也愛畫圖的好友——賊，也十分喜愛這一款，有一年她生日，我把庫存的拿出來送她一本，心想這個價錢一點也不貴。

目前書架上可以和水越筆記本較量的只有黑皮高質感的MOLESKINE筆記本。不論是價格或是數量，甚至質感。MOLESKINE極簡並考量使用者的設計，是來自法國，筆記本的款式已經超過20種，並有large（13*21公分）和pocket（9*14公分）兩種尺寸，MOLESKINE是一個有兩百年以上的歷史的老牌子，許多歐洲知名的藝術家或知識份子包括Picasso、Van Gogh等都曾經使用過這個牌子的素描本或筆記本。MOLESKINE在1986年在法國由家族經營負責製造生產的小工廠宣告停產，讓很多人惋惜，直到 1998年才由義大利的MODO&MODO將MOLESKINE買下重新開張。

我第一次在書店文具區拿起MOLESKINE筆記本時，和許多人一樣對價錢倒抽一口氣。但是在Page One書店看到MOLESKINE舉辦的筆記本使用者的聯展，覺得很不可思議，同樣一款筆記本，經由不同人的手裡最後變成各種樣子，一本比一本還要精彩。我默默的轉身去架上取了pocket 尺寸的Squared Notebook，比水越筆記本貴了一點。現在手上這是第四本，已經快畫完了，翻開每一頁，都是些生活的故事。

還記得促使我成為MOLESKINE的忠實粉絲，是因為一張機票。2007年MOLESKINE舉辦亞洲徵件比賽，邀請在亞洲的MOLESKINE使用者將自己的筆記本寄到香港參加展覽徵選，最大獎項是巴黎機票。為了要拿到免費的機票，我直接奔向MOLESKINE專區，挑了本我習慣用的空白內頁，紙質含棉成份較高的Sketchbook，為了比賽直接拿large尺寸付750元。

MOLESKINE®
INVITATION AU VOYAGE
EXHIBITION 2007 - TW

JAN HAU / HONG KONG.

2007
―――
0928

Catrain

MOLESKINE展
到台北3,
誠品信義+敦南
9/28 - 10/28.

TOP 10

det Mohrkuchez (poppy seed cake) + RABI MARK / HONG KONG

Hai, osaka desu!!

TOP 10.
CHAN.YI.THYING / MALAYSIA

32.

CHARIS KAN / HONG KONG

SHIH MING FENG / TAIPEI
↑ me *

距離收件時間還有約莫100天，large開本內頁有100頁，我只好先擱置隨身的水越本，開始將我的生活小日子重現在MOLESKINE上。等到線條出現在頁面上，畫了幾頁後，我就不怎麼在意它原本的價錢了，心裡想該是用我自己的創作來重新創造新的價值。本子翻開，有演講筆記、到花蓮的時光二手書店的記錄、一個人跑去吃日本料理的晚餐、買了摩斯的新點心給自己、常去的院子咖啡、上烘焙課的筆記、淡水海邊的夕陽、和朋友們去陽明山採海芋、新買的CD，也畫了幾本從書店帶走的書本封面。那時候的自己常常是一個人，我把大部分想說的話，都留給了手札。

在截稿前，終究還是沒有填滿整本，但我還是把畫完的第一本MOLESKINE寄出去，覺得自己總算完成了一件事，可以再繼續下一個挑戰。轉身又到書店買了一本Sketchbook回來，打開新的一頁，繼續記錄生活的點滴……

每天每天，不管是水越本或是MOLESKINE，出門我總是要帶上一本，有一陣子常搭捷運進城，有座位時候總是把本子攤在腿上，聽著ipod，邊想事情變畫圖，有時候是給自己的問題，有時候畫的是新買的零食，整本雜七雜八什麼都有。但本子裡很少出現人物，動物也是少出現。雖然高中大學都學美術，但我真正自由的畫畫其實是這幾年的時間，不是為了要交作業給誰打分數，而是真正的畫自己感興趣的事物：書店、街道風景、旅行、生活……

也常有人問我，用什麼畫圖比較好。我大概都是這樣回答，找到自己使用順手的工具比較重要，原字筆、鉛筆、鋼筆、色鉛筆、水彩、毛筆，都能用，但每個人都會有自己偏好的，我總是邊寫邊畫同時進行，所以最常使用的還是黑筆，在掃描圖檔的時候校色比較清晰，即

使偷懶沒上顏色，也不會覺得太過單薄，用過PILOT的0.3~0.5，後來覺得0.5的比較好使力，不會勾住水越本的紙張纖維，也就一路用下來。桌子上、包包裡、車上、辦公桌，隨時都能夠拿得到自己慣用的筆，對我來說比什麼都重要。

　　我的筆記本裡，有時候會出現繽紛絢麗的色彩，有時候只有簡單的黑色線條。顏色對我來說不是最需要記錄的，畫面上大概的色彩，腦子裡都能夠喚出記憶，所以前幾本花花綠綠嘈雜的畫面，到後來已經很少看見，感覺上也像是慢慢學會掌握用線條來表現厚度、質感或是情緒，不太需要再借重顏色去多說些什麼。

　　但我還是從盒子裡拿出以往陪我一起出門旅行的用具們。

　　以前包包裡的筆袋，除了黑筆、鉛筆橡皮擦一般文具外，還塞了12支色鉛筆。雖然當初特意買了可用水調色的色鉛筆，僅只是在紙上塗色，依照施力的輕重與用色層疊，就能做出我大概想要的效果，水性色鉛筆有一個優點，同時也是缺點，就是筆芯部份較軟，容易上色在各種紙張上，不會破壞紙張的表面結構，但完成後翻到下一頁用黑筆畫新的主題時，線條的軌跡會沾染色鉛筆轉印在前一頁，這一點讓我有點困擾。但如果畫些可愛的東西，色鉛筆的筆觸和柔和的色彩會讓人有溫暖的感覺。

　　從學生時代開始，我就很喜歡水彩的調和度及可擴張性，但外出帶著水彩、調色盤、水袋、水彩筆……，整個就變成了水彩寫生活動了，好像行動上不太自如，用完用具後的收拾也有點讓我心煩。後來買到水彩外出盒，還附贈一枝水管筆，外出用水彩盒當然比一般的水彩顏料貴很多，尤其對從小到大只在美術課扭開王樣水彩顏料的蓋子，用附贈的圖釘刺破管口的朋友來說，可能一時間無法理解價差四、五倍的東西差在哪裡？所以下手前一定要思考自己是否會經常性的帶出門使用，否則在外頭畫完線條，回家用一般的水彩上顏色就好了。我自己一方面想試試它外出使用的便利性，另外也想找到替代色鉛筆的上色模式，所以從眾多廠牌中挑了一個我認識且價格尚仍接受

的SAKURA牌子，雖然知道SAKURA的水彩顏色普遍較我慣用的牛頓水彩鮮豔，但一開始調色使用的時候，自己也皺了眉頭，只好慢慢修正用色習慣。

水管筆的構造有點像以前中學時代拿來寫作文用的墨水筆，軟筆桿可以拆下填裝自來水就可以使用，沾顏料調色的步驟和使用一般水彩筆無差異，稍加擠壓軟筆桿，水就會自然從筆尖滲出，顏色的濃淡很容易控制。

有時爸媽會問，畫這個有賺嗎？我很想回答：「加減有啦！」

畫圖的這幾年，也會放上網路和朋友分享，所以賺到新朋友；用blog投稿參加活動，賺到一點獎金和活動經驗。我的筆記本還出國展覽，去了我沒走過的國家和城市，這倒讓我十分羨慕。我第一本畫完的MOLESKINE Sketchbook在暑假前寄出，八月旅行到柏林時收到電子郵件通知我作品已經入選Top 50，雖然沒有如願得到機票大獎，但是筆記本還是可以到香港、新加坡、馬來西亞等地參加展覽。作品到台灣展出時，想到自己兩年前就是在台灣看到別人的MOLESKINE筆記本才開始接觸，現在居然能看到自己平日隨手畫的變成作品展出，站在現場感動之餘，拿起包包裡的MOLESKINE，畫下展覽的全景。

書架上的這些筆記本對我來說，彷若是我人生的戲中戲，當下的心情寫照被我用第一人稱的方式記錄下來，時間久了重新閱讀之際，還不一定能夠馬上理解當時的心情而忽然覺得陌生，但是如果連這樣微不足道的事我都放棄記錄追蹤，深怕下一刻轉身就會忘了我對生活的熱情，以及過往每一個小日子的心情點滴。

水越設計（AGUA Desugn）02-25453609
http://www.aguadesign.com/

MOLESKINE 官網
http://www.moleskine.com/eng/default.htm

MOLESKINE 亞洲網站
http://www.moleskineasia.com/

外出用水彩18色 / SAKURA

Pocket Field Sketch Box

2009
0205 catrain

FUSH

NT: 480-

這個新玩具入手很久，

滿足有時候在外玩要要畫圖時，

想上顏色的心願口

這種水彩餅狀的顏料塊十分方便，

配上水筆，感覺每個人都可以變成

寫生大師了!! 但 SAKURA 的顯色還真是豔麗呀!!

因為記錄，
我的日子真精彩。

　　我喜歡坐在咖啡館，或是任何一個感覺舒服的空間。一個人也好，一群人也可以，我還是想要保留一些空白的時間，從自己的生活抽離出來，慢慢的一口一口呼吸著。

　　拿著一枝PILOT牌黑筆從0.3的微弱細字到0.5的隨意粗筆，打開水越的空白筆記本或歐洲老牌子的MOLESKINE筆記本都無妨，忘了是哪時候開始，沒有立可帶修正液待命也不會慌張，大概是了解記錄到的生活畫面，不那麼完美，也沒關係的。

　　那些空白的時間，就發生在每一頁間、或遁於線條中。用筆記本記錄日子是開始於一場旅行，因為離開原本的生活與日子，所以決定好好記錄每一個眼前的畫面。旅行結束後回到日常風景，突然領悟只要透過筆記本記錄下來，即便是平凡生活，都覺得特別有滋味。就這樣我開始了平日也記錄，旅行也記錄的生活，到現在因為筆記本的存在，日常也可以是一段片刻的旅行，出門旅行好像在寫電影腳本般的停不下紀錄。

　　就這樣，累積了許多小日子的筆記本已經換了一本又一本，我才終於發現，我的日子真精彩。

　　翻看這些日子的記錄，2007年對我來說，是非常重要的一年，一個人出發要到歐洲去和朋友會合的旅行，對於要自己搭飛機及中途轉機感到忐忑不已，最後我也終於踏上歐洲去了德國，在親臨卡塞爾文件展現場一日拼完大部分的展場，最後化作一陣雞皮疙瘩一同匯入心靈。

　　第一本畫完的MOLESKIN也從香港出發開始「旅行展覽」，去了新加坡、馬來西亞代替我繼續旅行，最後完好如初的回到我的手上。

　　那一年還認識一些新的朋友，因為網路、閱讀、及旅行。

和宜蘭布克旅人民宿掌櫃季子大哥好像早該熟識一般，每隔一段時間對於民宿經營他都會有新想法出現，而就差這麼一點，「在淡水有一家店」的夢想差點就實現了，但沒關係，我會繼續期待。

那年也開始我的獨立書店散步，從台北的小小書房和有河BOOK出發，我到了台中東海書苑（2）、新竹草業集（2）+（3）、宜蘭愛蓮居二手書屋、花蓮時光二手書屋等，我都在裡頭享受「慢時光」。

夏天結束，我收拾遺留在德國各地的眷戀回到家鄉，中秋假期到台中去聽了我的第一場陳綺真演唱會，深夜散場後在逢甲夜市裡的馬路繼續不管時間的慢活，溫習著前不久在德國的小街道散步練習。那晚帶著我去吃宵夜，護著我過馬路的人不久後成了我的情人。現在偶爾會帶我去士林夜市，走路習慣站左邊，可以陪我吃晚餐，但甜言蜜語謹慎出口多以「不知道」作為搪塞，卻還是常常讓我莫名感動……

那些「從前」的日子對我來說是換得今日精彩生活的元素。

這種精彩很難被立刻記錄下來，大概是只能記下時間、用線條編織片段畫面，在內容空白的無字天書上卻又能感受到一些情緒，生活是那樣的精彩！

旅行心情培養皿。

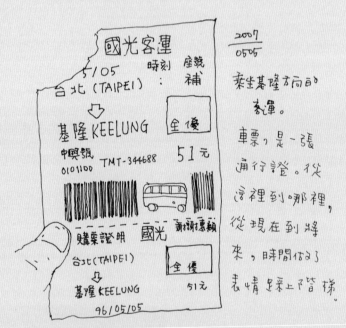

乘坐基隆方向的客運。

車票，是一張通行證。從這裡到哪裡，從現在到將來，時間依照表情走上階梯。

從那裡到這裡，現在回不到過去。

就這樣，被生活拋在這裡。

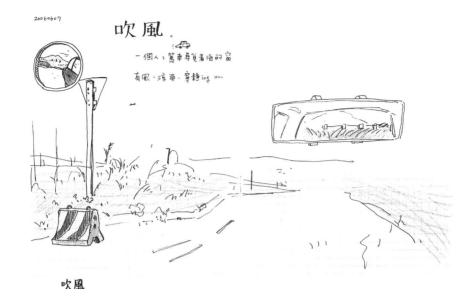

吹風

一個人，駕車身貪看海的窗
有風，涼薄，寧靜ing ....

吹風

　　一個人，在下班後坐進車裡關上門，心裡想著，還有點時間可以留給自己。一路開著，在那個不趕時間的傍晚，我想起一條很久沒走的路。我向時間偷了三十分鐘的空閒，享受一個人完整的獨立空間。一年沒走的路，有很多開端可抵達，選擇一條較小看不到人煙的路接上新市鎮區域。這裡已經開發兩年，眼前還是大片荒蕪，與相對平坦的道路有些不搭調。

　　看著玻璃外很遠的蔚藍，那是我的目的地。

　　走這條筆直沒車的路，沿途經過許多不能左右轉的路口，被工程用的水泥擋塊佔住通道入，想做的事情，總會找到出口，繞一點路才能更接近那片天空。窗外的風還是很自由的移動，車子開到最接近天空的地方熄火，冷氣關掉開車窗，調到舒服的愛樂電台，低頭翻了幾頁下午買的設計雜誌，還是為眼前的和諧所帶來的寧靜感到不安，深怕太投入閱讀，再抬頭時已經夜幕低垂。換上筆記本把後照鏡裡的一片海綠，長長的草隨風飄對著山的方向畫下來，前方茵茵蔓草一直延伸到世界變成藍色之前。

　　心滿意足的寫下兩個字，吹風。

　　此刻我一個人的小日子也很好，如果還有缺憾，想是因為當下有了生活的感動卻沒有人可以傾訴。

問候這片海洋

我知道它其實是河，環繞台北縣的淡水河，但是河的盡頭和海相連接，所以我總認為我到那裡去也同樣能夠看見海。看海好像是件很浪漫的事情，以前常聽老友麥比說他又開著車到哪裡去看海，那是他苦悶的心情想找出口的驅動。

但我常會想起那片被我叫做海的河口，那是我能找到最安靜最少人，心靈上最靠近海的地方，只要心情夠好可以越過那道長堤，就能夠擁有航行的幸福。

很久口沒來問候這片海洋。
這個下午口時間、心情、自己都很FREE。
開著車口我送自己來到可以看見大片海洋的
大馬路。但距離海洋大概也有個五、六百公尺。
今天真的很好口心情可以越過那道長堤，
雖然開車、卻有航行的幸福。

2007
0201 Catrain.

192

人生的風景再怎麼刻劃，它終究無法表現
出視覺以外的感官運作的軌跡。聽、聞、嘗
還好，我還能努力在心裡感受的這塊。
感覺，能補足其他的不足。

2007.
0514 書 catrain
義大利革麵包

其實，盤子也是黑的。但許多時候，眼見的，
卻不一定能忠實地描述如實。因為…
事實就是這樣子。

關於人生的風景，事情是這個樣子的

　　人生的風景，有許多的樣貌。同一路的人選的角度看的風景卻也不
同。你看到的和我想說的也許是不同的方向，但我會靜靜的看你眼中
的世界，希望你也能靜靜的聽我心裡的風聲。

193

舊時光的relax

在我的記憶裡有一家咖啡館Relax，在大直美麗華百樂園漾館一樓，附屬於prefer的小空間。在那個被所謂時尚集合的場所包圍的小空間裡，沙發是一屁股坐下後會陷在裡頭不需要扭動的適切剛好，隔開空間用的是可以感覺到斑駁老舊但是重新漆上白漆後卻很有風味的鏤空花瓣鐵窗，還有應該要搭配老人小憩畫面的竹編雙人座藤椅也全漆上白色，讓身體完全交付給這舊雙人長椅，將背放心的靠上各種鮮豔條紋色交織的花布抱枕，真的relax了。

要給客人添加進熱茶的糖不是裝在糖罐也不是規格化的白糖包，而是客客氣氣的準備了一瓷碟的糖和熱茶、茶匙、紙巾一起擺上方形淺托盤上。

這麼一個舊時光充滿的斗室，那個只有我一個客人的下午，好多事情我不了解，那些乘著手扶梯的貴婦人為何不願意進來好好的喝杯茶？這麼可愛的空間為何只有我一個人獨享，這樣的空間為何會讓我覺得安心。我手中的熱茶是個豐富的小宇宙，日本煎茶、波斯茶、烏龍、玫瑰、橙花、芙蓉，還有不知道怎麼來的舊時光記憶片段，喝下它，更成了我身體養分的來源。

上週再經過美麗華一樓，Relax prefer已經被別的我不感興趣的空間取代。

也許，那個舊時光正在自己的旅途上尋找relax，那我要上哪兒去找那天下午的relax？

21753212
大直美麗華百樂園漾館1F

relax
prefer

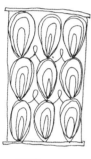

2008
──── Catrain
0131

很動感的鐵窗格,
在台北已經少見這
較具曲線的鐵窗,
師大夜市附近的
特色小店 ZABU
也有,超可愛。
這些街道視覺
已經漸不復存了。

→ 是HOT

糖↗

日本煎茶+波斯菜+烏龍+玫瑰+橙花+芙蓉

一組常見的籐編双人椅,
漆上白漆後,也十分有
味道。
也記起來童年時常坐或
躺在木條籐編的搖椅上,
那段時光,好像就在
眼前。

My One Day's Journey

一個人去旅行，只需要克服寂寞，儲備勇氣。若能拋下隨身手機就更完美了。

那個下午，離天黑還有點早，我想要向我的生活索討一些自我存在的感覺，先拋下車，一個人旅行不需要這麼移動便利又顯眼的工具。搭上捷運，往市區的車上，盤算著「去石牌站吧！先吃點東西。」

因為遺忘手機在房間裡，沒記著任何一個關聯人的電話，正好可以開始My One Day's Journey。經過公車站旁水煎包的小攤子，吃了一顆，心裡驚訝著，這個怎麼這麼好吃。

吃飽後，在站牌前研究，公車要去的方向有沒有我想去的地方？到底我想去的是哪裡？每當我問自己一個問題時，就會有另一個聲音回答我，「好久沒去明月堂了。」那就往天母去。搭公車用坐著的高度看著這個城市，和開車、散步或搭捷運很不同。

在等綠燈的公車上，我和窗外的日本花道教室招生看板相望，也許重新面對一花一草，可以適時的療癒我。

往天母圓環方向熱鬧的地方走，繞進速食店巷子裡，經過七味屋日本料理店。我曾經一個人來吃，也和好友一起來享用，吃到了不刻意討好台灣人的日本家庭料理。巷子裡一邊是商店一側是天母國小的圍牆。有家小小的店，很有日本ZAKKA的味道——「A & J House」，我挑了postcard想要寄給朋友也寄給自己。離開這裡，一路散步到明月堂，心裡覺得輕鬆愉快，好像回到旅行時，一個人或是兩個人在城市裡漫步的感覺。在明月堂的一個人享用日式小時光的茶點。

我想我會用一種特別的心情來看這個My One Day's Journey所圈出來的步行範圍，偶爾一個人走走，和自己相處，是件幸福的事情。

七味屋

2007 0118 catrain

日本料理

台北市天母西路13巷7号 2874 2431

烤得香脆的
烤飯糰 NT100
(但有海鮮碎料)

炸豆腐

梅子肉小萬瓜 (大心)
* 搭配入喉像楊桃…

馬鈴薯餅

可愛的 筷子啊!!

久違的開發新美食據點伙伴賊人提出邀約.
指定地點在天母。於是我們找了網友們推薦的七味屋!
到了用餐time、位於巷子裡の日本料理店 有三五好友.
也有媽媽帶小孩來、隔壁還一桌日本小姐、果然是天母。

2006 0917

明月堂 ○

和菓子 / 茶屋

【和菓子精製老舖】

和風明月
茶清菓餡

茶屋/台北忠誠路
二段168巷
2876-8567

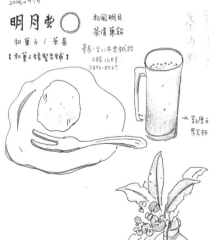

款厚的玻璃杯

我喜歡這一區的時尚不為別人存在的那樣自信.
每棟建築都有俐落的磁地磚窗、植物在這也
悠哉的細織歲月、來這兒、只花一杯茶的時光、
是美好的、但 倘若要趕赴 shopping、就略有
狼狽狀了。

溫柔的抹茶歐蕾和靠窗的小類我植物相視
得宜、hao 偷偷在疲累間洩露妳心之事、
很想指引她、因為我繼慮過、但看著她的
肉心、我想、芽一次、但或在妳身边陪著の日語、
使不再為此所累、應當更好哭。

加油、希望我身旁的朋友、日日都綻放笑顏 ▶

在冬日燒壺水泡杯茶

我在百貨公司的週年慶時間買了兩次綠碧（LUPICIA）的茶葉。冬天，真的是很適合喝茶的日子，一把3～5克的茶葉就能夠溫暖我大半日的時光。

從大概四年前開始接觸LUPICIA的茶葉，是在當時的天母門市，那裡像是一個充滿禮物與驚喜的地方，窗明几淨，即使單價高過於一般市售的茶包，但是它有來自世界各個茶園產出的茶葉，經過不同的烘焙手法再製成好入口的茶飲，讓我在忙碌的生活當中可以停下腳步來嗅嗅茶香。

後來天母的門市收起來了，讓我傷心了好久。趁著百貨公司週年慶去信義區的新光三越地下街的專櫃買茶，隔了不到一個月又來買茶，是受在德國念書的Jimmy同學跟我求救，我上次準備給他帶回去的三包白桃烏龍一下子就被人搶光光了。

這次主要替他採買的是白桃烏龍，還有新推薦的東京茶和達摩，另外還帶了幾款要送人及受託買的茶品。我站在櫃位前，跟店員報出購買清單，又是茶包（5包）又是茶袋（10包）還有散茶（50g），年輕的店員請我等一等，立刻寫下編號記錄我要的茶品，每一款茶都有自己的編號，就像書本有ISBN字號一樣通行全世界。

對不喝咖啡的我來說，買LUPICIA 茶葉，冬天沖熱水，夏天丟環保杯冷泡，喝上三四回合，還能感受到茶葉的香氣韻味。

2006.05.26

LUPICIA

Fresh Tea．

www.lupicia.com.tw

綠碧紅茶苑　台北市中山北路7段41-4号
　　　　　　　2877.2223.

去天田．瑤珍帶我去一家茶苑．Lupicia．感覺很棒。

我在這找到3前老大常沖的 聖誕老人茶，就是沖泡時，

有邪茶的香気．但是卻是紅茶．編号 5524 White Christmas.

我另外買3 8811 SAKURA VERT サクラ.ヴェール 櫻花綠茶、

"綠茶に桜の葉を贅沢にブレンドし、清らかな香りに上げました。"

SAKURA
VERT

white faint salty
Cherry leaves

8811

White
Christmas
5524

12 Tea Bags

Highest Quality Teas - Fresh, Authentic, Exquistite.

下課後的台灣小旅行

作　　者｜貓。果然如是
美術設計｜張小珊工作室
責任編輯｜林明月

法律顧問｜全理法律事務所董安丹律師
出 版 者｜大塊文化出版股份有限公司
地　　址｜台北市105南京東路四段25號11樓
網　　址｜www.locuspublishing.com

讀者服務專線｜0800-006689
TEL｜（02）87123898　FAX｜（02）87123897
郵撥帳號｜18955675　戶名｜大塊文化出版股份有限公司
版權所有　翻印必究

總經銷｜大和書報圖書股份有限公司
地　　址｜新北市新莊區五工五路二號
ＴＥＬ｜（02）89902588　FAX｜（02）22901658

ISBN｜978-986-213-149-7
初版一刷｜2009年11月
初版七刷｜2012年06月

定價｜新台幣300元
Printed in Taiwan

LOCUS